Nach uns -

noch eine Zukunft... ?

Oder ist es eine Vorahnung in die Apokalypse.

Narratives Genre, die aus einer Science
Fiktion, in die zur Realität werdende
Science Reality gleitet.
(S-R)

In eine alternativlos werdende Utopische
Realität?.

Vergleiche mit Jules Verne Zukunftsromanen.
Die zur Realität gewordenen Zukunftsbilder.

Eine **Exkursion** in die Darstellung der dystopischen Zeit, basierend im Jahr **2150** auf dem Erdplaneten.

Die alten Staaten von einst existieren nicht mehr.
2150 wurden sie mit Gewalt aufgelöst.
Zu einer Machtgemeinschaft, der

Panmundos-Universus.

Die Fiktion beginnt im Jahr 2200 mit dem Leben in der neuen Welt.

In der einberufenen Konferenz der seit 2150 bestehenden Imperien, soll über
die Chip Einführung in Panmundo-Universus für niedere Menschen, sowie über aufkommende Probleme besprochen werden.

Einleitung

Geheime Treffen zur Konspiration fanden in den Jahren vor *2150*, auf einer Insel im Mittelmeer statt, um einen Pakt zu schmieden.
Es sind Insurgenten aus verschiedenen Erdteilen.
Das Ziel war, Macht in den jeweiligen Staaten zu erringen.
Subversiv haben sie in der Vergangenheit gemeinsame Vorarbeit durch Infiltrationen von Demagogen und Agitatoren in verschiedene Staaten durchgeführt. Zur Durchsetzung ihrer Machtinteressen.

Bis *2150* ist es den Anführern in dieser Zeit gelungen, die Regierungsgewalten in diesen Ländern, gefördert durch Korruption, Wahlfälschung zu erringen. Willfährig durch die Völker.
Unterdrückung und Gewalt, in den von ihnen neu geschaffenen Herrschaftsbereichen, bestimmten das neue Dasein.

Letzter Widerstand gegen die Regime wird von einst Dienstrobotern und Flugmaschinen, die

bewaffnet und neu mit der Software
ausgestattet sind, mit Gewalt niedergeschlagen.
In dem Bündnis sind auch Einigungen über die
Sicherheit untereinander festgelegt.
Atomwaffen, herkömmliche Raketen und
weiteres militärisches Arsenal, sind bereits
vernichtet.
Alle Imperien erhielten die gleiche Anzahl und
Wirksamkeit von Laserwaffen.
Damit ist eine Pattsituation der Waffengewalt
gesichert.

Doch ein kleines Volk, die sich als Altvordere
bezeichnen, entzog sich der Einflussnahme der
Despoten.
Rechtzeitig bemerkten sie damals die
aufkommenden Zeichen der Zeit.
Gegen das Aufbegehren der Machtübernahme
durch Tyrannei von Euraskia, treckten die
Altvorderen aus ihrem Altreich in einem Exodus
in die unendlichen Weiten und unzugänglichen
Gebiete Eurasiens.
Ihre neue Welt benannten sie nach der
untergegangenen Insel **Atlantis**, dort begann der
Neubeginn des verlorenen Altreichs.
Die zurückgebliebenen Altvorderen wurden in
das neue Imperium Euraskia eingepresst,

unterjocht und als von da an als Menschwesen
bezeichnet.
Später benannte die neuen Machthaber diese
Menschwesen um, als Einheiten.

Die neuen Imperien.

Aus den Kontinenten Nord-Mittel-Südamerika
ist **Amrica** entstanden.
Die Machthaberin ist *Cocho,* mit willfährigen
Gleichgesinnten.
Viele entstammen aus ihrer mexikanischen
Clique.
Gewalt, Unterwanderung und Verschwörungen,
von diesem Clan ausgehend, führten zum Ziel
der Machterringung.

Chijap,
ist entstanden aus den ehemaligen Nationen
China, Japan, Indien und den Pazifikstaaten.
Teil für Teil wurde okkupiert.
Führer sind *Laot* und *Tanno* mit ihren
Geheimbünden.
Die Gewaltenteilung zwischen den beiden
Führern, ist vereinbart.
Es ist das bevölkerungsreichste Imperium.

Gondowakia,
Afrika, Sinai und die Emirate ist nun beherrscht
vom mächtigsten und korruptesten Stamm aus
Zentral Afrika, den Gonos.
Ngoro ist das Haupt, der Initiator bei der
Machtübernahme.
Mit Versprechungen brachte er die stärksten
Stämme hinter sich.
Mit diesen Gefolgsleuten konnten andere
Häuptlinge der Stammesgemeinschaften
vernichtet, oder unterdrückt werden.
Anschließend sind diese, der ihm nachgefolgten
Stämme, durch Säuberungsaktionen
verschwunden.

Euraskia,
Europa, Russland und Nahost, dazu Kleinasien,
wird von *Sue Mee* und *Junot Marxjet* beherrscht.
Sie beide beschlossen ein geheimes Bündnis zur
Einheit. Damit konnten sie die Herrschaft auf der
Insel England erringen.
Mittels Wahlmanipulation und Versprechungen
erzielten sie die Wahlsiege.
Für Einflussreiche Persönlichkeiten wurden
einträgliche Positionen eingerichtet. Dazu sind
gefälschte Nachrichten, (Fake News), über
andere Parteien und Gegner verbreitet und so

das Volk einseitig informiert und in ihrem Sinne beeinflusst worden. Das Altreich wurde in ihr Imperium okkupiert.
Die Widersacher auf „demokratische Weise", durch Bestechung, Korruption zur Unterwerfung und Schweigen gebracht.

Panmundo-Universus ist dadurch entstanden. Aber die Imperien überwachen eifersüchtig ihre Interessen und Machtbereiche.

Chijap soll, mit Einverständnis der Imperien, von Neuseeland aus die Strafkolonie im fernen **Australgulag,** über Luft und See überwachen. Missliebige Menschenwesen sind, wurden und werden dorthin von den Imperien, noch unverchipt entsorgt.

Aber dringende Probleme zeigen sich ab 2200. Es kommt zu der erwähnten Konferenz.

Im Jahr **2200** stellt sich folgende Situation dar:

Die Ressourcen auf dem Planeten, Wasser,
Nahrung und saubere Luft, wird durch die
Überbevölkerung knapp.
Die Lage hatte sich bis zum Jahr *2200*, das zum
Problemjahr werden sollte, verschärft und droht
zu eskalieren.
Es kommt zu Aufständen in den unterdrückten
Völkern über die mangelnde Versorgung, die
lassen die Machthaber zuerst unbeeindruckt.

Besonders betroffen ist **Gondowakia.**
Dort wagen einzelne Stammesfürsten ein erstes
Aufbegehren gegen die Führung von *Ngoro.*
Aus Angst über einen Machtverlust, bewegt er
alle Herrscher des **Panmundo-Universus** zu
dieser Zusammenkunft, wegen der
aufkommenden Zuspitzung der Lage und einer
Bedrohung seines Imperiums.
Dringlich!

Gemeinsames Ziel soll es sein, die Bevölkerung
zu beugen und den Bevölkerungszuwachs
drastisch und sofort, zu verringern. Die anderen
Imperien zeigen ihr Verständnis, bemerken sie
ebenfalls die kommenden Probleme.

Und sie müssen rasch handeln, denn die
Ressourcen in dem Universus neigen sich zu
Ende.
Darin ist das Kartell sich einig.
Direkte, eilige Maßnahmen sind durchzusetzen.
Sonst trifft es auch sie.

Die Versammlung zur Lösung der Probleme von
Panmundo-Universus, ist auf dem künstlich
geschaffenen Ort **Pangaea,** in der Antarktis,
vereinbart worden.

Die Antarktis gilt als neutrales Gebiet für alle
Panimperien.

o

Das Jahr 2200

Die antarktische Zusammenkunft der Imperien tagt.

Bevor die Tagesordnung aufgerufen wird, entsteht gleich
zu Beginn ein ungeordnetes Gerede der Teilnehmer.

Verschiedene Meinungen über den Weg der
Maßnahmen prallen aufeinander.
Aber der Tenor ist gegen die, als Lebewesen oder
Einheiten bezeichneten Menschenwesen, gerichtet.

Laot, Machthaber aus Chijap hüstelt und erhebt sich aus
der ihn umgebenden Lufthülle des Sitzes.

„Als Gebieter über die meisten Menschenwesen, eröffne
ich, Laot, die Debatte zum Übereinkommen unserer
Panimperien Obliegenheiten".
Beifälliges Gemurmel, aber gleich erneute, erregte
Diskussionen.

Cocho, aus Amrica, unterbricht das Gerede lautstark, zur
Überraschung des Komitees.
Alle schweigen erstaunt und blicken sie befremdet an.
„Ich habe euch etwas mitzuteilen", unterbricht sie
burschikos.
Was nimmt sie sich heraus, denkt Sue Mee aus
Euraskia und ist sauer.
Cocho lässt sich nicht durch die Blicke beirren, schaut in
die Runde.
Sie will ihre Chipforschung vor dem Gremium zur
Sprache bringen.
Hintergründig hat sie die Absicht, ihre Macht in dem
Panmundo - Universus über den Atlantik nach Euraskia,

auszudehnen.
Zum Nachteil von Sue Mee. Sie ist noch indigniert über
die Einnahme vom Altreich.

Sie redet weiter, „unseren Laboratorien ist es gelungen,
ein Implantat herzustellen, den Transponder.
Der befindet sich bereits in Massenversuchen an
aussortierten Einheiten in meinem Herrschaftsbereich“,
verkündet sie den erwartungsvollen Machtinhabern stolz.
„Was soll das für die Probleme nützen“, gereizt zweifelt
Sue Mee aus Euraskia die Ankündigung an.
Sie ist die schärfste Rivalin zum Gewinn an Einfluss in
den Panmundo Imperien.
Cocho streckt sich, blickt zu Laot, sieht ein unmerkliches
Nicken bei Laot aus Chijap.
Sie registriert es mit Genugtuung und fährt fort.

„Bei unseren Experimenten mit dem Neuro-Transmitter
ist Streit unter den Wissenschaftlern entstanden.
Zwischen den Altvorderen die zu uns eingewandert sind,
die man früher im Altreich als Philosophen bezeichnet
hat und unseren Fortschrittlichen aus Amrica.
Keine Einigkeit konnten sie über den Transponder Chip
und seinen Funktionen erzielen.
Die einen wollten, mit Eingriff in die Existenz der
Menschwesen, die Kleinstsender implantieren und der
Unkompliziertheit halber, die Lebewesen nur noch in
numerische Einheiten erwähnen,
Die Altvorderen wollten die Menschwesen ohne Chip in
ihren Diensten dahinleben lassen.
„Ich“, Cocho schaut auf die Euraskia Seite zu Sue Mee,
„beendete den Streit und stellte die Altvorderen als
Auserlesene unter die Kaste der Fortschrittlichen
Amricaner“ und blickt standhaft in Sue Mees Augen.
„Der Weg war damit frei für die Amricaner
Wissenschaftler.

Das Dogma ist Fakt, unumstößlich.
Mein Anspruch für Amricas Weg steht unter meiner
Autorität. Ein Problem für die Imperien habe ich unter
meiner Führung beseitigt".
Sue Mee erwidert den Blick geringschätzig.

Unbeirrt spricht Cocho weiter.
„Nun konnten wir Renitente mit dem Chipimplantat unter
Beaufsichtigung stellen.
Auch die Kontrolle über die Ernährung und Entsorgung
ihrer Ausscheidungen, sind kein Gegenstand von
Diskussionen in Amrica mehr.
Zuverlässige und einvernehmliche Lösungen sind jetzt
installiert".
Allgemeines Kopfnicken der Teilnehmer, bis auf Sue
Mee.
Das ermuntert sie zu weiteren Ausführungen.
„So ist durch die eingeführten Transponder Implantate
Ordnung in den Einheiten.
Den Panmundo-Imperien empfehle ich, sich Amricas
Weg anzuschließen" und zeigt Sue Mee eine
provozierende, herablassende Miene.

„Die Bezeichnung Einheiten beziehen sich wohl auf die
Menschenwesen. Berichten sie mehr über den Chip",
fordert Laot sie wohlwollend auf.
„Wir von Chijap sind sehr interessiert", auch beifälliges
Gemurmel von Ngoro aus Gondowakia.
Cocho ist erleichtert, sie ist angekommen.
„Die Tests führten wir zuerst mit Hundert Lebewesen
durch. Die Ergebnisse waren zufrieden stellend und wir
erweiterten die Implantationen schnell auf Tausende
Einheiten.
Die Wesen wurden willkürlich von den Saug-Drohnen
auf dem Land aufgelesen und zur Chipstation verbracht.

Auch die rechnerischen Einheiten sind auf ein neues
Maß umgestellt, das XMaß. Das ist im Rechner für die
Chips festgelegt. Der Ausleser nimmt die Überwachung
der Einheiten in dem neuen, größeren Speicher vom
XMaß auf.
Nun zum Implantat.
Der Durchmesser, noch in den alten Werten ausgeführt,
beträgt 2,1mm., Länge 10 mm".
Sie blickt in die jetzt erwartungsvolle Runde und weiß,
kein Fehler darf ihr in dem Bericht unterlaufen. Sue Mee
würde ihre Position sofort schwächen wollen.
„Nun zu der von uns entwickelten, großartigen und
eminent wichtigen Technik zur Implantierung", blickt
gönnerhaft zu Sue Mee.
Die lächelt abschätzend.
„Das Implantat wird ohne Betäubung, mittels
Druckluftkanüle, unter den linken, unteren Winkel des
Schulterblatts, in 30 mm Tiefe, eingepresst.
Sue Mee, in den medizinisch genannten Angulus
Inferior" und lächelt sie arrogant an.
„Durch den hohen, mit Überschalldruck eingesetzten
Chip, erfolgen keine Blutungen.
Die Einheiten werden stehend von den Einrichterarmen
der Robdock gehalten und fixiert. Das geht schnell und
reibungslos.
Die künstliche Intelligenz positioniert den Chip mittels
der alten Lasertechnik, zielgerecht. Die funktioniert noch
wie damals, manches aus der Vorzeit ist eben nicht
immer tadelnswert.
So können Tausende Einheiten in kurzer Zeit infiltriert
werden. Die Bewegungsabläufe der Einheiten, z.B. wo
sie sind, was sie tun, können wir sofort mit dem XMaß
Speicher erfassen und auslesen.
Der Ausleser ist wiederum von dem Elektronicrechner
überwacht. Auch hier sind Module aus der Vorzeit
verwendet.

Wir sind dadurch stets informiert und können als
Herrschende Einfluss über die Einheiten nehmen".
„Was kann der Chip noch leisten?".
Die Zwischenfrage stellt Ngoro.
Sein massiger Körper legt sich nach vorn.
„Wir sind interessiert an der Unfruchtbarkeit des
Spermas. Soviel Einheiten, wie Cocho sie nennt, können
wir nicht entsorgen, wie sie nachkommen. Und wohin
dann mit der Masse der vom Chip Entsorgten, es ist zu
viel Futter für die Tiere.
Außerdem ist der Sextrieb in der Masse kaum zu
überprüfen".
Ernst schaut Cocho ihn an.
„Die Altvorderen hatten das gleiche Problem damals
schon erwähnt und eine, wie sie sagten, humanen
Umgang mit der Überbevölkerung angemahnt.
Unsere Fortschrittlich Denkenden führten dann sogleich
Experimente an Einheiten durch. Zur Verlangsamung
des Flusses und Veränderung der Sperma Struktur.
Erste Ergebnisse sind bereits erzielt.
Ngoro, ich informiere dich umgehend über die
Fortschritte".
„Die Zeit drängt in Godowakia Cocho", mahnt er an, gibt
sich aber mit der Information zufrieden.

Cocho blickt in die Runde.
Einverständnis liest sie aus den anderen Mienen. Bis auf
Sue Mee, die zeigt sich gelassen, noch.
Cocho führt weiter aus.
„Das XMaß ist die neue Maßeinheit für Amrica.
Sie dient zur Beständigkeit und dem schnelleren
Scannen von Daten.
Nach genau 10 Jahresabläufen, wird von der künstlichen
Intelligenz über die Abschaltung oder Weiterführung des
Chips, damit über die Einheit, entschieden.

Selbstverständlich entscheidet das Panimperium mit den Intelligenzen zusammen.
Jeder Atemzug, alle anderen Körperfunktionen und die Bewegungsabläufe sind aufgezeichnet.
Daraus kann der Gehorsam zur Obrigkeit und seine Notwendigkeit zur weiteren Existenz, hochgerechnet werden.
Die Daten sind vom amricanischen Schaltrechner überwacht".
Sofort unterbricht Sue Mee Cochos Ausführungen.
„Über die amricanischen Rechner? Wie können die anderen PanImperien das kontrollieren, Cocho?. Was ist mit den Gedankengängen der Einheiten".
Sue Mee ist misstrauisch.
Selbstbewusst schaut sie in das Gesicht von Sue Mee.
„In Amrica werden die Eingaben des Auslesers der Chips, bereits zum Panmundorechner in der Antarktis übertragen. Euraskia hat es noch nicht bemerkt?", fragt sie spitz.
„Ihr Machthabenden in den Imperien, es ist kein Misstrauen angesagt. Natürlich und selbstverständlich sind wir in der Lage, den Chip an das Panmundo-Universus weiter zugeben, Sue Mee".
Sie ist mit der Antwort nicht zufrieden.
„Oh, mit den Imperien war auch die Chip Forschung in Amrica nicht abgesprochen. Du hast es gefördert ohne Information an die Panmundo, Cocho.
Wolltest du die alleinige Kontrolle über Panmundo-Universus mit dem Chip?. Nur durch Amrica?.
Dadurch würdest du über alle Daten von den Imperien verfügen und bestimmen, wer von dem Chip ausgenommen wird.
Außerdem sind wir mit der gegenseitigen Überwachung der Menschwesen gut zu recht gekommen. Sie denunzieren sich untereinander und bei schlechter

Disziplin holt sie die Sauger-Drohne, ohne großen
Aufwand, in die Entsorgung.
Unter von uns bestimmten Auflagen, könnten wir von
Euraskia, über deinen Vorschlag überhaupt erst
nachdenken".
Beifälliges Gemurmel im Raum.

„Meine Forderung an Cocho von Amrica ist", verlangt
Sue Mee, sie spürt den Auftrieb ihres Einwandes bei den
Teilnehmern, „die Einführung des XMaß muss überall in
Panmundo erfolgen. Weiter muss die Einrichtung vom
Rechenportal auf neutralem Gebiet, also in der Antarktis
installiert sein und von Panmundo-Universus kontrolliert
werden können.
Sonst ist Cocho imstande, besondere Ausnahmen zu
treffen, im Sinne von Amrica", betont süffisant Sue Mee.

Lächelnd schaut Cocho zu der Anmaßenden und
will ihr augenblicklich den Wind aus dem Segel nehmen.
„Ja, Ausnahmen soll es nur für bestätigte Personen, die
von der Chipimplantation freigestellt sind, also den
Machthabenden, den Herrschenden, geben.
Natürlich kann das jeweilige Imperium diese selbst
bestimmen.
Außerdem können die Panimperien frei verfügen, dass,
wenn an einem Ort zu viele Menschwesen in ihrem
Imperium leben, sie mit der willkürlichen Aussuche der
Einheiten, diese im Rechenzentrum zur Löschung frei
zugeben.
Die Einheiten leben so ab und kommen in die
Verwertungs- und Entsorgungsanlage, wie bisher.
Wichtig ist noch ein Punkt.
Die Unterwerfung der Altvorderen aus dem Altreich in
Atlantis.
Sie leben immer noch unbehelligt in den Weiten des
Ödlands. Atlantis haben sie dort gegründet.

Für uns sind sie noch unerreichbar. Wir sollten uns
darüber Gedanken machen, dem ein Ende zu bereiten.
Sue Mee, wie denkst du darüber, denn du liegst mit
Euraskia an ihrer Grenze und wir erwarten deshalb
einen detaillierten Vorschlag zur Eliminierung Atlantis
von dir" und blickt sie spöttisch an.

Sue Mee steht auf, geht zu jedem vom Komitee, schaut
ihnen fragend ins Gesicht.
„Wollt ihr den Chip wirklich? Stimmen wir ab", lenkt sie
von der Forderung Cochos ab.
Sie hofft auf die Niederlage in der Abstimmung über den
Chip für Cocho.
Laot erhebt sich aus der Lufthülle seines ihm
angepassten Sessels.
Wartet einen Augenblick, Ehrfurcht einflößend, beginnt
dann als Respektsperson zu sprechen.
„Damals haben sich die Regierenden über die
Abschaffung des Atom- und Raketenarsenals geeinigt
und es verschrottet. Die Laserlanzen als Waffen
genügten zur Machtausübung. Einigen wir uns über die
Vorschläge von Cocho,
Mein Entschluss steht fest, wie denkst du darüber Sue
Mee?" und schaut fragend zu ihr.
Ngoro schaltet sich ein. Er senkt beifällig den Kopf, ohne
Sue Mee anzuschauen.
„Ich stimme zu"
„Wir von Chijap stimmen für Cocho und den Chip".
Sue Mee bespricht sich leise mit Junot Marxjet.
Alle warten gespannt auf die Reaktion von ihr.
Barsch meldet sich aber Junot Marxjet zu Wort.
„Wir repräsentieren Euraskia", gibt er sich zugeknöpft.
„Euraskia ist mit den Chip und dem Elektronengehirn in
der Antarktis, einverstanden. Auch mit späteren
Entscheidungen über die Altvorderen im Ödland.

Die sollten bald von den Imperien gemeinsam getroffen
werden. Unter Federführung von Euraskia".
Mit Nachdruck fügt Sue Mee verlangend nach,
„umgehend".
Cocho ist mit der Minimalforderung Euraskias
einverstanden. Sie hat ein erstes Ziel erreicht.
„Damit ist Einigkeit zur Einrichtung und Überwachung
der Einheiten, durch den Chip von Amrica, entschieden",
stellt Laot fest.
Cocho fährt zügig fort, ohne Sue Mee zu beachten.
„Weiterhin werde ich Pläne zur Durchführung der
Annektion des Altreichs ausarbeiten und Euraskia
unterbreiten".
Sue Mees dazwischen gesprochener Einwand, geht in
dem beifälligen Gemurmel des Komitées unter.
Laot gibt zu Protokoll:
 „Das zentrale Electronicportal zur Überwachung der
Individuen, wird in der Antarktis eingerichtet.
Zugängig für alle Herrschenden der PanImperien".
Beifälliges Kopfnicken.
„Das Dekret gilt von den hier Anwesenden aller Imperien
als beschlossen.
Die Fakten sind, die Überwachten gelten nicht mehr als
Menschenwesen, sondern Einheiten, ebenso
wird das XMaß eingeführt.

Jede Einheit soll von nun an im Rücken unter dem
Schulterblatt mit dem Chip, oder mit dem Neuro
Transmitter implantiert und gescannt sein.

**Die Altvorderen aus dem ehemaligen Altreich, sollen
die niedere Kaste bilden, unter den fortschrittlich
Wissenden. Sie gelten nur noch als Auserlesene.
Auserlesene sollen die Einheiten leiten.**

Die zu überwachen und dazu die vereinfachte, auf deren
nötigsten Bedarf reduzierte Bildung, sowie Maßregeln
zur Ernährung und Hygiene, beizubringen.
Die Fortschrittlichen gelten als Auserwählte.
Die wiederum unterstehen der Herrschenden
Gesellschaftsschicht der Imperien".
Laot führt weiter aus.

„Die Einheiten vegetieren so, ohne Kenntnis zu ihrer
Vergangenheit zu haben. Sie bilden die unterste Schicht
in den Imperien.
Wir erzeugen damit letztlich Zufriedenheit unter ihnen.
Zugang zu Dingen aus der alten Zeit der
untergegangenen Staaten, wie Druckerzeugnisse,
Ernährung, Zuwendung und Mitgefühl, wird für die
Einheiten unterbunden. Sie unterliegen der Zensur.
Nur den Auserwählten ist der Zugang zu diesen
Verboten vorbehalten.
Die noch nicht verchipten Einheiten und unliebsamen
Auserlesenen sollen, sobald einer dem System untreu,
straf - oder auffällig wird, in den Verladehafen der
jeweiligen Imperien zugeführt werden, um sie nach
Australgulag zu verfrachten".
Sue Mee prescht vor, unterbricht zu Laot Erstaunen, die
Protokollausführung.
„Für Euraskia ist der Hafen für straffällig gewordene
Auserlesene, Menschwesen und andere, im ehemaligen
Hamburg. Jetzt DH 20457S. Nicht von einem anderem
Imperium. Das möchte ich anmerken und feststellen. D
bleibt unsere die alte Bezeichnung für den ehemaligen
Staat. Die Altvorderen hatten damals noch diese
Bezeichnung durchgesetzt.
Das H steht für Hamburg, die Zahlen für die
Hafennummer und S für Seehafen.
Übernommen haben wir die Zahlen von den alten
Postleitzahlen aus der Vorzeit. Wir gehen diesen Weg.

Die Imperien haben bereits den Bescheid. Dabei bleiben
wir".
Junot Marxjet ist aufgestanden, „So ist es".
Cocho unterbricht sie ungehalten, „was soll die
Erwähnung, dass ist jetzt unwichtig. Jedes Imperium
wird den Hafen selbst festlegen, Sue Mee".
Unbeirrt redet Sue Mee über Euraskias Unabhängigkeit
weiter.
Laot blickt verdrießlich zur Decke.
„Diese Menschen sammeln wir in den Regionen
Euraskias ein. Sie marschieren, von Auserlesenen
geführt, zu dem in Hamburg liegenden Schiff.
Dort werden sie sofort verteilt und verschwinden in
großen Stahlkästen.
Die Stahlkästen stammen noch von den
Containerhandelsschiffen aus unserer vergangenen Zeit.
Die Verschiffung nach dem Australischen Kontinent, ins
Australgulag erfolgt sofort. So handeln wir in Euraskia.
Wer von den Herrschenden damit Einverstanden ist, gibt
das Signal".
Die Herrschenden der Imperien blicken sich an.
Ihnen ist rätselhaft, warum Sue Mee diese Ausführungen
erwähnt, ist es doch Sache der einzelnen Imperien.
Bevor Sue Mee oder Cocho zu Wort kommen, ergreift
Laot schnell das Wort.
„Danke für deine Ausführungen Sue Mee, aber jedes
Imperium handelt autark. Dazu brauchen wir keine
Abstimmung".
Er ist angesäuert.
„Stimmen wir ab über das Protokoll".

Bis auf zwei Enthaltungen, leuchten pulsierende Dioden
in der Versammlung an den Sitzen auf.
Damit ist das Einverständnis zum Protokoll abgegeben.

**Das Implantieren der Chips ist damit, bis auf zwei
Enthaltungen, Gesetz.**

Von der Rede erschöpft, doch zufrieden, setzt sich Laot
in seine umgebende, angepasste Lufthülle im Sitz.

oo

Vor einer verfallenden Halle, aus der alten Zeit, stehen
Menschen, rechts männliche, links weibliche.
Beide Gruppen tragen einheitliche graue Kleidung.
Einen Kasack und Hose, dazu die Kopfbedeckung mit
umgehenden Rand, ohne Schild.
Eingerahmt sind sie von in Orange gekleideten
Auserlesenen, in nummerierten Schildern auf der Brust.
Alles steht still, warten auf das Kommende.
Eine metallische, abgehakte, befehlende Stimme
erschallt aus einem Lautsprecher.
„Ihr ausgesonderten Menschwesen seit Bestrafte und
werdet In Etappen nach DH 2222S geführt.
Von dort ins Australgulag verbracht.
Aufgerufene Nummern-Identifikationen reihen sich in
Zweierreihen zu Kolonnen auf".
Schweigen, nur Auserlesene bewegen sich zur Kolonne.

Die Nummer OM 5667C blickt sich um.
Er steht inmitten der Ausgesonderten.
Die großen, massigen Lastdrohnen stehen auf der mit
Unkraut bewachsenen alten Rollbahn.
Sie brachten die Menschen hier auf den alten
Landeplatz.
Die Nummer OM 5667C, dröhnt aus dem Lautsprecher,
er wird aufgerufen.
Langsam fügt er sich in die sich aufstellende Kolonne
ein.

Trotzig murmelt er vor sich hin, ich bin keine Nummer.
Ich habe den Namen Karius im Altreich bekommen.
Nicht O wie Ost, M wie männlich und C die schwere
meiner strafbaren Handlung.
Diese Buchstabennummern, als das Erkennungszeichen
für Menschenwesen, wurden ständig in den Lagern
aufgerufen und wiederholt abgefragt. Solange, bis die
Menschen sie ohne zu denken, wiederholten.
Ein Schatten stellt sich neben ihn.
Er ist der zugeteilte Begleiter in der zweier Reihe bis DH
2222S.
Karius schaut ihn mit Neugierde von der Seite an.
Das Gesicht gleicht einer Maske, unbeweglich. Er
scheint ihn gar nicht wahrzunehmen.
Karius hüstelt.
Keine Reaktion.
Ein Robdock rollt an der Kolonne vorbei. Er ist ohne die
berüchtigten Greifarme und viel größer, als die anderen.
Auf den Schultern blinken abwechselnd rote und grüne
Laser Lichter auf.
Wieder die Stimme.
„Ausgesonderte Menschwesen folgen dem Leit-
Robdock bis zum Ziel. Bei Flucht und Ungehorsam wird
Entsorgung angeordnet".
Die metallische Ton verstummt. Das Robdock setzt sich
blinkend in Bewegung.
Karius und der Begleiter trotten als ausgesonderte
Menschenwesen hinterher, nun in der Zweierreihe in der
Kolonne.

Seit 2 Tagen gehen beide stumm nebeneinander durch
Industrielandschaften und karges Land.
In der nächtlichen Ruhezeit werden sie notdürftig
versorgt. Ab und zu laufen sie am Tage an einem Baum,
oder selten, an kleinen Wäldchen vorbei.

Immer begleitet im Tross von den Auserlesenen und aus
der Luft überwacht von schwirrenden, kleinen
Jagddrohnen.
Manche bleiben auf dem weiten Marsch entkräftet
liegen.
Ferngelenkte größere Drohnen fliegen nach Meldung
von den Auserlesenen heran.
Halten in der Luft über den Liegengebliebenen an.
Mit dem kurzen Rüssel, der teleskopartig aus dem
Rumpf ausfährt, saugen sie den Körper in die Drohne
und schweben davon.
Die Marschierenden laufen lethargisch am Geschehen
vorbei. Deren Schicksal ist ihnen egal.
Weiter, nur nicht auffallen.
Am dritten Tag des mit trotten hält Karius die
Sprachlosigkeit nicht mehr aus, er bricht das Schweigen.
„Ich bin Karius, wer bist du?".
Schweigen.
Karius blickt ihn von der Seite an und redet weiter.
„Meinen Namen habe ich von den Altvorderen seinerzeit
erhalten. Die mich gezeugten Menschenwesen kenne
ich nicht. Wie war es bei dir?".
Sein Mitläufer schaut schweigend nach vorn.

„Das mit den Drohnen, hast du das gesehen? Weißt du
was das für uns auch bedeutet?
Sie nehmen diese entkräfteten Menschwesen auf und
bringen sie in die Entsorgung. Ich war dort zur Arbeit
einbestellt. Eine grauenhafte Arbeit, die ich bald
verweigert habe.
Als Strafe muss ich jetzt nach Australgulag.
Warum auch du?".
Karius schaut ihn ins Gesicht, der verzieht keine Miene.
„Auch wenn es dich nicht interessiert, hör mir zu. Ich
muss es loswerden.

Diese Saugdrohnen fliegen zu einem Luftschacht, der
aus der Erde ragt. Der Deckel auf dem Schacht öffnet
sich und der Rüssel der Drohne dockt an. Ein
Teleskoprohr fährt in den Rumpf und saugt den Inhalt
mit Unterdruck heraus, in die Tiefe vom Schacht.
Die Körper landen zur Entsorgung in der Verwertung.
Eingeteilte Menschwesen, wie ich es auch war,
schneiden die Einheitskleidung der Opfer auf, sodass die
Körper nackt sind. Die Kleidung kommt in den Reißwolf
zur Wiederverwendung.
Dann befördert das Band die Nackten weiter. Sie
verschwinden durch die Schleuse.
Dort werden sie in heißes Bad getaucht und desinfiziert.
Glaub mir, ich war dabei und habe das mit angesehen".
Der Mitgehende bleibt auf einmal stehen.
Zum ersten Mal zeigt er eine Reaktion.
Ein ungläubiges Erstaunen überzieht das Gesicht.
Karius schaut ihm in die Augen.
„Du kannst es mir glauben. Ich war in die verschiedenen
Abteilungen beordert worden.
Ein Saugrohr schlürft die Körper aus dem Bad und bläst
sie in ein sich verzweigendes Röhrensystem.
Systematisch schneiden Laserroboter die ankommenden
Menschwesen auf. Vom Hals bis zur Blase, zur
Organentnahme.
Die Organe, nach Feststellung der DNA, werden sofort
in Flüssigstickstoff bei 2° KalCius, nach altem Maß, etwa
-210° Celsius, Schock gefrostet und extra eingelagert.
Sie können bei Bedarf, zur weiteren Verwendung für die
Herrschenden, implantiert werden.
Weiter wird eine Selektion nach Brauchbarkeit
vorgenommen. Aus den Knochen das Kalzium und
Schwefel ausgelöst. Der Rest zu Knochenmehl
gemahlen.
Der übrig gebliebene Rest vom Balg, wird in heißen
Trommeln mit Druck zu Mett vermischt. Der ist

Nahrungsgrundlage der Ernährungsautomaten für uns
Menschwesen.
Mich hat das angeekelt. Das war der wirkliche Grund für
meine Arbeitsverweigerung.
Der überwachende Auserlesene hat mich geschlagen
und meine Verweigerung gemeldet.
Deshalb trotte ich mit dir im berüchtigten Marsch, ich
habe zuviel geredet, aber warum sprichst du keinen Ton
mit mir?".
Der Mitläufer schaut um sich, dann Karius an.
Greift mit der Hand schnell an Karius Rücken, in die
Schulter.
Die Finger suchen das Schulterblatt, drückt dann mit
dem Zeigefinger an den Rand zur Wirbelsäule.
Karius versteht augenblicklich sein Schweigen und senkt
den Kopf.
„Du bist einer von den Chipswesen!".
Er nickt unmerklich.
„Ich habe davon gehört. Man munkelt vieles über den
Chip. Der soll alles über den Träger berichten. Du
schweigst aus Angst, dass durch eine Beunruhigung in
dir Meldung an die Rechner erfolgt".
Er schaut Karius ernst an und schließt die Augen.
OK, ich habe was zu schreiben. Mit dem Stift ist es zwar
altmodisch, aber der kann nicht reden. Den habe ich
noch organisiert" und grinst.
„Ich lernte noch heimlich das Schreiben, bevor die
Tastensprache das Schreiben ersetzte".

Sein Partner senkt den Arm ab, bleibt stehen.
Karius greift ihm in den Nacken, schiebt ihn aber weiter
an.
„Wir dürfen nicht stehen bleiben, es ist verboten.
Die Drohnen über uns beobachten jedes abweichen.
Nein, ich schreibe besser erst im Nachtlager.

Bei dir ist es besonders gefährlich mit dem Chip. Eine Meldung von der Überwachung und der Rechner löscht dein Implantat, bleiben wir unauffällig und nimmt seine Hand vom Nacken".
Der Marsch führt die Einheit an tristen, fensterlosen Betonbauten vorbei, später in feuchtes Land mit niedrigem Bewuchs.
Gierig schnuppern die beiden den kaum wahrnehmbaren Duft der selten gewordenen Natur.
Am Abend erreichen die ausgesonderten Sträflinge eine Wasserstelle.
Einen langen Trog mit zulaufendem Wasser, es ist chemisch aufbereitet vom Abwasser.
Alle trinken gierig.
Karius blickt sich um.
Die Kolonne ist kleiner geworden. Einige Paare fehlen.
Anschließend gehen sie an den Schlauch zur Essensaufnahme und pressen den an den Mund, saugen den Nährstoffnebel ein.
Danach drängen die Auserlesenen sie zur Reinigungsschleuse.
Nackt, ohne die Einheitskleidung, durchgehen sie eine Schleuse. Die Körper beim von Schmutz und Körperabsonderungen gesäubert.
Nichts fürchten die Herrschenden mehr, als Schmutz und Krankheiten. Impfungen sind zu ihrer Sicherheit eilfertig organisiert und werden ständig optimiert.

Am Ende der Tagesetappe, müssen sie das Nachtlager auf einem Feld bereiten. Die Rolle, abgeschnallt von dem Rückengurt, ist die Unterlage.
Karius Gefährte liegt auf der Schlafrolle, als er sich daneben kniet.
Nestelt an der Innenseite vom Einheitsanzug.

„Du glaubst, dass jede Gefühlsregung von dir über den Chip ausgelesen wird. Deshalb dein vorsichtiges Verhalten".
Der blickt um sich, nickt.
„Es ist noch da" und fördert Papier und den altmodischen Laserschreiber aus dem Stoff.
„Das hatte ich noch in den Nähten verstecken können. Wenn du schreiben kannst, schreibe mir auf, wie du benannt bist und wo du herkommst, warum man dich ausgesondert hat? Du kannst doch schreiben?" und schaut sich um.
Auserlesene dösen vor sich hin, alles ist ruhig.
Schicksalsergeben auch die Ausgesonderten.
Eine Drohne überfliegt zur Kontrolle unregelmäßig über das Nachtlager.
Im Mondlicht hat sich sein Begleiter auf den Bauch gelegt und beginnt zu schreiben.
Karius liest mit, während er schreibt.
„Ich darf keinerlei Aufmerksamkeit erregen, es könnte den Auserlesenen nicht gefallen".
„Ja, sprich nur ohne Regung mit mir. Deine Worte können nicht von dem Überwachungsrechner gelesen werden. In der Entsorgung hat das mir Jemand geflüstert".
Er überlegt, schaut Karius lange an und gibt sich einen Ruck.
Reglos, leise, fängt er an zu sprechen.

„Smets ist mein Name und stamme aus dem Osten von Euraskia, mit der Ortszahl WR 34345 L.
Der alte Ortsname war uns Bewohner nicht bekannt.
Wir Menschenwesen lebten zufrieden nach alter Sitte, einsam in dem weiten Land.
Als ich einmal ein anderes Menschenwesen am Brunnen sah, fühlte ich etwas Komisches in mir.

Ein Verlangen sie zu berühren. Das Gefühl hatte ich
noch nie.
Sie auch, denn sie reichte mir die Hand.
Eigenartiges entstand zwischen uns.
Noch nie hatte ich so das Eß bemerkt, von dem viele
redeten, aber keiner konnte mir das Eß beschreiben,
oder erklären.
Ich kannte nicht mal Ihren Namen, sie hatte keinen, nur
das F-WR1010 war auf dem Arm eingraviert.
Wir wussten von der Vereinigung von Menschenwesen
mit dem Eß. Es soll freudlos sein, dennoch suchten alle
nach dem Eß.
Auch wir wollten das Eß kennen lernen, uns in dem Eß
vereinigen nach den Darstellungen der Alten.
Ein altes Lebewesen lebte damals mit uns, er wurde von
uns Alterchen genannt.
Den befragten wir beide nach dem Eß. Viel erzählte er
uns über das Eß.
Das man es früher Gefühl nannte, Liebe, Zutrauen zur
Verlässlichkeit miteinander. Das waren seine Worte und
diese Werte seien verloren gegangen.
Gefühle und Liebe sind verboten worden. Auch andere,
wie Harmonie, Treue.
Da sie auch nur eine Nummer war, wollte ich ihr einen
Namen geben und benannte sie nach mir, Smetskaia.
Wir vereinigten uns, erzählten den anderen von dem
neuen Gefühl.
Das wir dabei mehr fühlten als andere, es war ein
geheimnisvoller Zauber.
Andere neideten uns das Gefühl und wurden verraten.
Von den eigenen Lebewesen!
Auserlesene mit Robdock stöberten uns auf und
überraschten uns bei unseren Gefühlen.
Die Robdock trennten uns.

Dann packte mich einer mit den Greifzangen. Ich war
gefangen und musste zusehen, wie ein Auserlesener
einen Ring an Smetskaias linke Schulter auflegte.
Er blinkte in dunkelgrüner Farbe auf.
Der Auserlesene befahl dem anderen Robdock sie auch
zu greifen.
Sie wäre nur noch für die Nutzanwendung. Der brachte
sie schreiend weg. Gierig versuchten ihre Hände noch
mich zu greifen. Nie werde ich ihr Gesicht vergessen".
Smets sagte das in einem Ton ohne Regung zu zeigen.
„Nutzanwendung, das heißt Entsorgung und Tod.
Furchtbar und mich brachte man zuerst als arbeitendes
Menschenwesen zur Implantation mit dem
Chip. Trotzdem brachte man mich ins
Aussonderungslager, bestimmt zum Marsch zum
Australgulag".

„Es ist ruhig, die Nacht ist lang, erzähle weiter Smets".
Ohne Gesichtsausdruck spricht er ruhig, wie beiläufig.

„Eine Last-Drohne brachte mich und das Robdock in das
Lager.
Das Robdock stellte mich in die Reihe von Wartenden
meiner Art. Dann löste der seine Greifer.
Zügig ging es in der Reihenfolge voran, vor zur Öffnung
in der Wand.
Die Vorderen, einer nach den anderen von Robdock mit
den Greifarmen gegriffen, wurden durch die Öffnung der
Wand getragen".
Nachdenklich schaut Karius ihn an.
„Smets, dein Rufnahme ist eigenartig. Scheint von den
Intelligenzen zu stammen. In den alten, geheimen
Büchern habe ich von Liebe und von Gefühlen gelesen.
Dort ist auch so das Eß beschrieben, wie du schilderst.
Damit ist bestimmt ein Gefühl gemeint. Vielleicht
bedeutet Eß auch die Liebe, oder beides?

Durch die Auserwählten sind Kultur, Sprache und auch
die Menschen verändert worden. Es gibt sogar nur noch
ein Geschlecht in ihrer Sprache", grinst Karius.
„Du warst also mit dem gleichen Geschlecht vereinigt.
Lass unsere Gedanken ruhen. Schlafen wir bis zur
Morgendämmerung, dann sprechen wir weiter".

Im Morgengrauen weckt Karius sanft Smets, flüstert.
„Ich habe lange wach gelegen, nachgedacht.
Ich verstehe deine Angst und deine Zurückhaltung, aber
es hilft uns nicht weiter.
Wir beide müssen Vertrauen zu einander haben und
nach Lösungen aus dem Dilemma suchen. Wir können
nicht abwarten, bis du wegen einer Kleinigkeit
aufgesaugt und entsorgt wirst. Wir müssen handeln,
oder geraten ins Australgulag".
Zum Verstehen nickt Smets bedächtig den Kopf.
„Also Smets, wir müssen uns aus der Kolonne irgendwie
lösen, bist du dabei?".
Smets zuckt mit den Schultern. Plaudert mit Karius
scheinbar emotionslos dahin.
„Wie denn? Es ist aussichtslos durch den Chip.
Die Herrschenden wissen wo ich bin und was ich tue.
Können meine Reaktionen erfassen.
Das ist Fakt für mich. Anderes Verhalten wird bestraft.
Durch die Überwachung bin ich stets unter Kontrolle.
Deshalb wurde ich zur Arbeit an ihren Rechnern
eingeteilt. Da lernte ich Drohnen instand zu halten, oder
nach der Durchsicht einer Reparatur, mit neuen
Koordinaten zu laden".
Smets Mimik ist wie immer in den Gesprächen
ausdruckslos.
„Ja, flüstert Karius, „möglich ist dieses Wissen uns
einmal nützlich. Dein Chip ist aber momentan unser
Problem, wir müssen den los werden, aber wie?".

Beide sind gefangen im Nachdenken zur Findung einer
Lösung.
Nach einiger Zeit fragt Smets Karius.
„Was ist mit dem Australgulag von dem du sprachst?
Weißt du mehr darüber?".
„Ja, unglaublich was ein Ausgesonderter, der dort war,
berichtete. Ein Wunder, dass er wieder zurückkam.
 Er war, wie ich, dort auch in der Entsorgung abgestellt
worden und sprach mich im Abendlager an".
Karius schaut sich um, „gehen wir unauffällig weiter.
Das Australgulag.
Der Straffällige arbeitete mit mir in dem gleichen
Bereich, dort hat er mir einmal nachts von seinen
Erlebnissen erzählt.
Er sei mit dem Schiff ins Australgulag bestimmt worden,
wegen der Liaison mit einer Frau aus dem hohen Stand.
Die Beziehung konnten sie nicht verheimlichen.
Die Missbilligung der Herrschenden veranlasste seinen
Marsch nach DH 2222S und von dort wurde er verschifft
ins Straflager Australgulag, da wo auch wir hin verladen
werden.
Ich hörte dem in Ungnade gefallenen Auserlesenen erst
nicht richtig zu.
Erst als er von den unheimlichen Ereignissen doert nach
der Anlandung erzählte, erregte er meine
Aufmerksamkeit.
So nach und nach überzeugte der unglaubliche Bericht
mich.
Die Ausladung in Australgulag überwachten
Jagddrohnen mit Wärmebildkameras. Da er sich hinter
einem der heißen Schornsteine versteckt hatte, konnte
sie ihn möglicherweise nicht orten bei der Ausladung.
Auserlesene, Robdock und Jagdro jagten die
Ankömmlinge von Bord. Versteckte Menschwesen, die
im Schiff nach dem Ausladen noch aufgespürt wurden,

holten die Robdock und warfen sie ins Hafenwasser, den
Haien zum Fraß.
Die warteten schon auf die ankommenden Schiffe im
Hafen.

Er mischte sich aus dem Versteck in den Pulk unter die
vom Schiffssteg getriebenen Sträflinge und rannte mit in
die Hafenanlage.
So erlebte er die Ausladung im Australgulag.
Sein Ziel war es, weiter ins Land zu flüchten, um sich
einzeln durchzuschlagen.
Aber der Pulk blieb im Hafen auf einmal plötzlich stehen,
denn kein Aufpasser folgte nach.
Die einfallende, merkwürdige Ruhe verwirrte die
Sträflinge.
Sie standen nun auf dem leeren Platz, vor verfallenen
Hallen einer Werft.
Die leeren Fensterlöcher starrten sie an.
Die Besatzung war auf dem Schiff geblieben. Sie
erwarteten die Robdock und schauten sich an, was nun?
Jeder von ihnen war plötzlich ungewohnt auf sich allein
gestellt. Ohne Hilfe und Nahrung.
Keine Verwaltung nahm sie in Empfang.
Angst überfiel plötzlich auch ihn, war es richtig das
Versteck zu verlassen und ins Land zu gehen?
Zweifel keimten in ihm auf, eine Falle?
Was keiner von uns Ahnungslosen wusste, ein
Überlebenskampf ohnegleichen sollte sofort für jeden
beginnen.
Zaghaft ging er noch mit den Ersten zu den
Hallenruinen, von den Nachfolgenden nach vorn
geschoben.
Alle waren voller Furcht vor dem Ungewissen.

Unerwartet, leise, kamen erste, fast nackte, dürre
Gestalten, geduckt aus Verstecken geschlichen.

Gierig blickten sie aus glanzlosen Augen. Wild
umwucherten Bärte die hageren Gesichter.
Rasch, wie aus dem Erdboden geschlüpft, umringten sie
die Ausgeladenen. Dürre Hände streckten sich
entgegen.
Einige zupften schon an ihren Kleidern.
Tasteten und suchten die Körper ab. Unverständliche
Laute lallten aus den zahnlosen Mündern.
Er war entsetzt.
Sie wurden geschubst, gestoßen, Zorn kam zwischen
den Kreaturen auf.
Der plötzliche Fanfarenstoß beendete das Treiben.
Die Gestalten erschreckten, hetzten zurück in ihre
verborgenen Löcher.
Totenstille.
Den Straffälligen und auch ihm, wurde es noch
unheimlicher".

Smets fragt fast lautlos.
„Wo liegt denn Australgulag?".
Karius tuschelt, „das muss am anderen Ende der Welt
sein, vermutlich ist das frühere Australien gemeint.
Hör weiter.
Nach dem Trompetenstoß preschten Kamelreiter um die
Kolonne, trieben die Menge eng zusammen.
In dem Durcheinander und dem aufgewirbelten Staub,
löste er sich aus dem Gewühl und flüchtete in eine
demolierte, leere Tonne neben den Hallen.
Durch die Löcher und Risse der Tonne, verfolgte er was
dann geschah.
Unter Hieben mit langen Stangen von den Kamelen
herab, schlugen sie auf die Menschen im Pulk ein.
Die Kamelreiter jagten die Misshandelnden, unter
Geschrei und Stichen mit den Stangen, aus dem Hafen
ins Land.

Smets ich denke, sie wurden zu Sklaven gemacht, oder
gefressen".

Karius hält inne, macht eine Pause.
„Wir kommen an die Wasserstelle. Ich spreche am
Abend weiter. Das ist unauffälliger".

Nach der üblichen Prozedur, erwartet Smets Karius am
Abend gespannt auf dem Lager.
„Karius, wie ging es weiter? Das ist ungeheuerlich".
„Seine Hände ergriffen damals meine und drückten sie
fest.
Er war froh, wieder hier zu sein und, um mit Jemanden
darüber zu sprechen.
Nachdem es dunkel und ruhig war im Hafen, machte er
sich auf den Weg zurück zum Schiff, immer auf der Hut
vor den dürren Gestalten.
Zu seiner Erleichterung tauchte das Schiff bald im
Halbmond auf, es lag noch an der Mole.
An einem der Seile zum verankern der Schiffe am Kai,
hangelte er sich an Deck, schlich zurück in das Versteck
zwischen den Schloten.
Am Morgen lösten die an Bord gebliebenen
Auserlesenen die Seile, das Schiff legte ab.
Die Drohnen und Robdock waren im Zwischendeck
festgezurrt und damit stillgelegt, denn zur Rückfahrt
benötigte man sie nicht.
Vor der Abfahrt hatte eine Drohne noch mal das Schiff
mit der Wärmebildkamera überflogen, ohne Ergebnis.
Du kannst dir vorstellen Smets, welch große Erlösung
das für ihn war.
Keine Kontrollen geschahen mehr von den
Auserlesenen, wozu auch, denn an Bord war kein
Straffälliger mehr.
Er stahl nachts ihre ausgesuchte Ernährung.

Die Umstellung vom Ernährungsautomaten zu deren
Speisen, vertrug sein Magen nicht. Durchfall war das
Ergebnis.

Nach langer Fahrt erreichte das Schiff ruhiges
Fahrwasser. Er wusste, es ist geschafft. DH 2222S lag
vor ihm.
In der Dämmerung tauchte schemenhaft ein Ufer auf.
Das konnte nur die Einfahrt zum Hafen sein.
Er lauerte auf die Gelegenheit über Bord zu gehen und
in der Dunkelheit im Fluss ans Ufer zu schwimmen. An
Land wollte er sich durch zuschlagen.
Er nahm seinen ganzen Mut zusammen und krabbelte in
der Nacht aus dem Versteck.
Ein vom Deck am Schiffsrumpf herabhängendes Tau
beflügelte seinen Plan.
Er kletterte über die Reling und rutschte an dem Seil in
die Tiefe, in den Fluss.
Schwimmen konnte er. Das hatte ihm ein Altvorderer
noch heimlich beigebracht.
Ohne Orientierung wanderte er, wie er erzählte, nur
nachts über Land, nur weg von DH, aber wohin?.
Irgendwann musste er vor Hunger und Durst doch an
eine Nahrungsaufnahme. Der Apparat löste sofort
Fremdalarm aus.
Jagdro stiegen auf, orteten ihn.
So landete er wieder in der Entsorgung zur weiteren
Verfügung, bis eine Strafe verkündet wird.
Dort erzählte er mir von dem Australgulag und die
Verschleppten.
Doch Tage später war er verschwunden und ein anderer
kam. Ich habe ihn auch nicht mehr in den Abteilungen
der Entsorgung gesehen.

Aufgetaucht ist er mir erst wieder auf der
Entkleidungsbahn der Entsorgung. Sofort erkannte ich

ihn. Das Robdock an der Schleuse bemerkte meine
Aufmerksamkeit, kam auf mich zu.
Mit schnellen Schnitten schlitzte ich seine
Einheitskleidung auf, warf die in den Behälter und der
Körper auf dem Band durch die Schleuse verschwand.
Du weißt wohin".

Smets murmelt tonlos.
„Wie konnten die Auserlesenen von dem Bericht an dich
erfahren haben? Vielleicht war er verchipt?
Ich habe Sorge und muss meinen Chip löschen, oder
entfernen. Wir tuscheln schon zu lange, vielleicht ist
bereits Meldung an den Rechner gegeben worden,
Karius".
„Wir werden einen Weg finden…müssen.
Sonst erleiden wir das gleiche Schicksal wie er", flüstert
Karius.

Die Nacht weicht dem Morgengrauen.

Scheinbar stupide marschieren beide am Morgen in der
Kolonne nach DH 2222S.
Karius ist hellwach, Gedanken schwirren seit der Nacht
durch den Schädel.
Das Problem ist, wie lösen wir das Problem?
Den Chip zerstören ohne eine Alarmmeldung
auszulösen und wie?
Wie schnell könnten wir dann noch entfliehen? Wohin?
Es ist schier unmöglich.
Auch Smets sucht nach Möglichkeiten.
Er hatte die gesamte Wartung der Drohnen durch
geführt. Das könnte ein Weg sein! Aber wie an die
Drohnen gelangen und überhaupt, ist es möglich?.
Selbstzweifel nagen in ihm.
Wie Unabsichtlich streift er Karius Arm.

„Karius. ich habe die Drohnen mal erwähnt vom
Leitungszentrum"und schaut belanglos auf den Weg.
„Die Möglichkeit bestände, mit den Virtual Maschinen
Monitor, als Installation in das vorhandene
Betriebssystem des Rechners, einzuklinken. Das ist
nicht schwierig,
Den Ladespeicher durch Fakes inkontinent machen.
Das Problem ist nur, an einen Rechner zu kommen, den
zu hacken. Wenn uns eine Drohne in die Hand geraten
würde, könnte es klappen.
Aber wie und was dann? Bevor die Änderung der
Koordinaten bemerkt wird, müssen wir verschwunden
sein und untertauchen. Aber das mit meinem Chip?
Es ist zu viel wenn und aber, vergessen wir es".

Karius ist in Gedanken so versunken, hat nur mit einem
Ohr zugehört.
Smets deutet erregt auf die Bodenerhebung in der Nähe,
zieht Karius am Ärmel.
„Hast du es nicht gesehen? Dort ist eben eine Drohne
hinter der Anhöhe mit Rauchfahne runter. Mit der stimmt
was nicht Karius, nichts wie hin".
Ohne Rücksicht auf den Chip, zerrt er ihn ungestüm am
Arm zum Hügel.
Beide springen vom Rand in die Mulde.
Eine abgestürzte Drohne liegt vor ihnen.
Es ist eine Suchdrohne, ein Jagdro.
Geleitet von den Leitdrohnen, sind Jagdro stets schnell
im Einsatz unterwegs.
Sie liegt, eingehüllt im leichten Rauch in der Senke, der
schnell in der Luft verweht.
Beide verschnaufen, „wie gerufen", ruft Smets
begeistert. Karius versteht ihn nicht, sie riskieren alles.
Das Entfernen aus der Kolonne wird bemerkt, ein Jagdro
kreist über den Marschierenden. Er wartet auf die
Eingabe der Daten von den Beiden.

„Karius, die abgestürzte Maschine ist bestimmt bereits
durch Flugunfähigkeit abgemeldet. Suchdrohnen steigen
bald zur Suche auf", keucht Smets.
„Wir müssen schnell handeln. Der Chip hat sicher meine
Erregung gemeldet und sucht die Ordnungslinien zu mir.
Den Bord Computer muss ich finden und mit Fehldaten
manipulieren. Schnell, sonst findet die L-Drohne meine
Koordinaten".
Hastig will Smets in die Drohne, ungeachtet der Hitze.

„Die Kampfflieger sind ohne Besatzung, ferngelenkt von
Leit-Drohnen. Gefährlich nur mit den ferngelenkten,
treffsicheren Laserlanzen.
Beim Angriff auf ein Objekt, strömt aus dem Gerät ein
pfeifender Ton. Der versetzt die Angegriffenen in Panik.
Hat ein Jagdro sein Ziel getroffen, verstummt der Ton im
abfliegen" keucht er. „Wir sind drin, komm".
„Du willst mit dem Bordcomputer stören, Smets? Wo ist
der?". Karius wiegt den Kopf nachdenklich,
„Was fragst du? Habe ich dir doch gesagt. Wir haben
keine Zeit zu verlieren.
Es ist jetzt alles egal und unsere einzige Chance,
Karius".
Der ist von der willensstarken Stimme Smets überrascht.
„Du hast eben in Emotionen geredet. Der Chip wird uns
verraten. Mach zu".
Beide kriechen nach vorn zu den Computern. Wärme
strömt ihnen entgegen.
„Lass mich zuerst", vorsichtig öffnet Smets die
Steuerung an der zerstörten Seite. Deutet zu den
Laserlanzen und öffnet den aufgebrochenen Zugang
weiter .
Plötzlich schwirren Suchdrohnen mit lautem Geheul über
das ausgemergelte Land, orten den abgestürzten
Jagdro.

„Schnell weg", Smets und Karius stürzen aus der Drohne
springen weg und krallen sich tief in die Mulde der
harten Erde vom Graben.
Laserblitze dringen in den Jagdro ein, zerstören ihn
vollends.
Smets ist entsetzt.
„Die Leit-Drohne hat die Vernichtung gesteuert , der
Computer und unser Leben ist verloren. Der nächste
Angriff trifft uns", schreit er durch die Explosionen.

Karius spürt an den Füssen das sie gepackt und mit
starker Kraft an ihnen gezerrt und er fort geschleift wird,
landet in einem Erdloch. Es ist so eng, dass seine Arme
nach oben gestreckt werden beim herabziehen. Wie ein
Tunnel, durchfährt es ihn und fällt schneller in die Tiefe.
Dumpf nimmt er noch das Geheul der anfliegenden
Jagdro und Explosionen wahr. Erdbrocken fliegen auf
ihn.
Die Erde bebt.
Wo ist Smets, was geht hier vor?.

ooo

Halb ohnmächtig merkt er, wie am Körper seine
Einheitskleidung unter die Achsel rutscht. Rasant geht
es weiter in die Tiefe, gezogen von unbekannten
Kräften.
Nur noch dumpfer Lärm vom Beschuss ist zu hören.
Taumelnd dotzt er ein paar Mal gegen Wände.
Hände ergreifen die Beine, ziehen ihn mit sich abwärts,
bis er mit den Füssen zuerst festen Boden wahrnimmt.
Der plötzliche Widerstand zwingt ihn in die Knie und
findet sich liegend auf festem Untergrund.
Smets liegt keuchend und tief durchatmend neben ihm.
Unbekannte helfen ihm auf, stützen ihn auf die
wackeligen Beine.

Flankiert von den Helfern, stehen beide in einem Raum,
ausstaffiert wie eine Felsenhöhle.
Gestalten stehen um sie herum, blicken überrascht und
neugierig, wie Karius und Smets.
Alle sind in verschiedenartigen Gewänder und in bunten
Stoffen eingekleidet. Um die Körper der Frauen wehen
wie Schleier feine Überhänge.
Solche Farbenvielfalt hat Karius nur in verbotenen
Bilderbüchern einmal gesehen.
Die sie Umgebenden treten näher, schätzen sie mit
Geflüster und Interesse ein.
Eine grazile Frau, mit dem prachtvollen Diadem auf der
Stirn, geht dicht an Karius heran, berührt vorsichtig sein
Gesicht, tastet über die Schulter, zur Brust, hinab an den
Bauch und fühlt sanft zwischen die Schenkel.
Geht dann um ihn herum, berührt den Po.
Karius ist fassungslos.
Die Frau mit dem Diadem im Haar, wendet sich an die
Umstehenden.
„Es sind echte Menschen, alles ist gut fühlbar“.
Sie lächelt.
Karius errötet.
Der Ton ihrer Stimme. So fein und melodisch sprachen
früher die Altvorderen Menschen. Das es sie noch gibt!
Und er ist sicher, es müssen alte Menschenwesen sein,
die sie beide vor den Jagdro in den Untergrund und in
Sicherheit gebracht haben.
Ein älterer Mann mit wallenden Bart und Hut, löst sich
aus der Gruppe. Vor der Brust baumelt etwas Metallenes
an der langen Kette und bleibt vor Smets stehen.

„Wer bist du, woher kommst du? Antworte mir bitte“.
Smets schweigt vor Aufregung.
„Du redest nicht? Wende dich bitte um“.
Karius gefällt die Ansprache, ähnelt der Frau mit dem
Diadem.

Smets dreht sich um.

Das metallene Ding von der Brust gleitet über Smets Rücken.

„Wie ich vermutete, er hat bereits den Chip", schaut zu den Anderen und sieht ihn freundlich an.

„Hier kannst du reden, wir sind tief unter der Erdoberfläche. Die schützt uns nahezu vor den Degenerierten. Es kommt die Zeit, den Chip unbedingt bei den Heilern zu entfernen".

Er fasst beide am Arm.

„Seid willkommen in Atlantis, im Altreich" und schreitet würdevoll zu dem großen, ovalen Tisch in der Ecke der Felsenhalle.

Bedeutet den zwei, sich dort zu setzen.

Die Stühle sind aus Holz, mit hohen Rückenlehnen, kunstvoll geschnitzt mit Tierbildern.

Karius kennt die Sitze aus Abbildungen in den alten Büchern.

Smets schaut nun gelöst zu den Menschen an der Tafel und beginnt zu sprechen.

„Verzeiht mir, das ich endlich ohne Furcht vor Entsorgung sprechen kann, es ist unglaublich, wie wir hierher kommen. Smets ist mein Name und mein Gefährte heißt Karius. Wir sind Ausgesonderte und sollten verladen werden ins Straflager und..", er wird unterbrochen von dem Bärtigen mit dem Hut.

„Später, ihr sollt erst wissen, wo ihr nun weilt. Ich werde euch den Rat vorstellen, das höchste Gremium in Atlantis, unserer Gemeinschaft.

Egmond ist mein Name und habe den Vorsitz des Rates inne.

Zu meiner rechten Seite", zeigt auf den Nächsten, „ein Mitglied des Rates, der Organisator von Atlantis, Boris. Neben ihm ist Charlene, die Heilerin. Das waren bei den Altvorderen die Ärzte.

Nachfolgend Milan, mein Sekretär und Berater".

Egmond wendet sich zur linken Seite, lächelt.
„Die Dame kennt ihr bereits, sie heißt Zofia-Maria,
Verwalterin des Altreichs.
Dann Esteban.
Er hat das wichtige Amt des Sicherheitsbeauftragten.
Bei ihm sitzt ist Mia, die jüngste des Rates.
Zuständig für die Ernährung der Atlantianer.
Pflanzen, Tiere und die Gartenanlagen sind in ihre
Obhut gelegt.
Wir bilden den demokratischen Rat und tragen für viele
Menschen die Verantwortung.
Nun wisst ihr, in welcher Ordnung wir leben und jeder“,
er schaut die beiden ernst an, „muss sich darin
einfinden.
Uns verbindet eine Sprache aus vielen Idiomen.
Sie hat sich in den Jahrzehnten der Abspaltung kultiviert.
Die Sprache der degenerierten Herrscher im Ödland
sprechen einige von uns.
Akademiker und alle Stände verließen damals im
Exodus das Altreich, in die Weiten Eurasiens.
Rechtzeitig vor der Annexion durch Euraskia.
Wünsche und Anregungen von Mitbewohnern bringen
sie dem Rat auf den Tisch. Gemeinsam bereden wir die
Angelegenheiten.
Ohne die Anhörung von Betroffenen zu einer Sache,
werden keine Beschlüsse gefasst.
Nur zusammen können wir ein Problem lösen, denn nur
dann überleben wir, alle wissen das.
Genug, morgen werden wir euch das Leben in Atlantis
aufzeigen“. Er wendet sich zu den Ratsmitgliedern.
„Wir sollten unseren Gästen nun Ruhe geben von ihren
tiefgründigen Ereignissen und Eindrücken überschlafen
lassen.
Milan, bitte die schreckliche Einheitskleidung entfernen
und farbenfrohe Anzüge zur Auswahl abgeben und den
beiden einen Raum zuweisen.

Wir sehen uns nach der Morgenzeit.
Zur ersten Mahlzeit des Sonnentages werdet ihr
abgeholt.
Ihr solltet wissen, unser atlantische Tag beginnt mit dem
Sonnenaufgang und endet mit Sonnenuntergang. Die
Nachtzeit ist nicht relevant.
Schlaft gut".
Nach diesen Ausführungen ist kurz sein Abschied.
Zofia-Marie begleitet beide zum Ausgang.
„Karius warte bitte. Ich habe deine geistige Arbeit vorhin
bemerkt. Dazu eine Bemerkung.
Bedenke, nach Irdischer Zeit bin ich im Alter von 95
Jahren", schmunzelt und geht, ohne Antwort
abzuwarten, weiter.
Karius ist betreten. Sie kann seine Gedanken erfassen !

Im dem Bob ähnlichen Gefährt, gleiten sie mit Milan auf
der Schiene durch die Gänge zu ihrem Domizil.
Smets ist von der Technik begeistert, streicht mit der
Hand über das Chassis.
„Milan, welche Maschine, so leise und schnell".
„Das ist ein Magneto. Er gleitet mit dem Magneten auf
den Schienen schnell durch die Tunnelsysteme. Bei
einem Bedarf wird mit dem Magnetographen am
Handgelenk er angemeldet. Transporte haben den
Vorrang vor der Personenbeförderung. Im Notfall bleiben
die Magneto sofort stehen".
Der Magneto hält an. Milan gibt kurz einen Druck von
dem Gerät auf dem Handrücken. Wie von Geisterhand
öffnet sich in der Wand des Tunnels ein Durchgang.
„Hier ist euer Wohnbehältnis. Es ist alles vorhanden"
Nach dem Eintritt leuchten vom Deckengewölbe Sterne
vom Firmament des Himmels. An der Ecke beginnt der
Mond aufzusteigen.
„Ich zeige euch die Anforderungspunkte", tastet leicht
auf einen der Lichtanzeigen der Wand. Eine Tür öffnet

sich. Bunte Kleidungsstücke auf Bügeln schieben
heraus.
„Sucht das Passende und kleidet euch nach der
Reinigungsdusche ein. Ich zeige euch die Bedeutung
der entsprechenden Lichter in der Schaltanzeige“.
Smets und Karius verfolgen die Einweisungen, schauen
sich um.
Smets stehen Tränen in den Augen.
„Es ist unglaublich was ich hier erlebe. Ich kann denken,
fühlen und sprechen was ich will. Nichts behindert mich
mehr. Karius kneif mich, es ist doch kein Traum?“.
Milan entfernt sich leise.

Nach der Dusche liegen sie auf einem breiten Diwan.
Ganz leise schwebt Abendmusik sanft durch den Raum,
langsam hüllt sie die Erschöpften in den Schlaf.

Lichtstrahlen brechen vom Gewölbe in den Raum.
Der Morgen von einem Sonnentag bricht an und der
Sonnenaufgang zeigt sich auf dem Gewölbe über ihnen.
Zuerst leise Musik, dann lauter werdend, klar und rein,
weckt sie die Ankömmlinge.
Durch das Bild von der Decke erscheinen Schleier von
Wolken, es wird klarer.
Wasser plätschert und Pflanzen wiegen sich in einem
Blütenmeer im Wind. Sie liegen wie erstarrt, schauen
nach oben.
Milan steht in der Tür.
„Guten Morgen, ein Sonnentag bricht an“.
„Milan, so etwas habe ich noch nie gesehen, wo gibt es
diese Natur“, Smets ist berauscht von dem Anblick.
„In dem Freizeitgelände. Später, wenn der Rat zustimmt,
könnt ihr es erleben. Aber nun zum Rat“.

Egmond und die anderen an der Tafel begrüßen sie
stehend.

„Euer Schlaf war tief und fest. Die Körperfunktionen zeigten uns die Ordnung eurer Organe in dem Gesundheitssystem an. Außerdem", spricht er sie an und lächelt, „Krankheiten sind nicht in euch. Die Überwachung diente zur Vorsorge und Schutz der Bürger, dass versteht ihr sicherlich.
Nun zum weiteren Wissen von Atlantis.

Über die oberirdischen Vorgänge im Ödland sind wir informiert, deshalb bemerkte unsere Verteidigung die Unruhe und konnte euch in Sicherheit bringen.
Auch wenn unser Wissen nicht auf den neuesten Stand ist.
In der Wissenschaft haben unsere Intelligenzen von Atlantis in den Jahren vieles vollbracht.
Sie arbeiten mit der Möglichkeit des Magnetismus und der Quantenmechanik, konnten so anisotrope Kristallstrukturen bilden.
Wir sind in der Lage, Strom und damit Licht für unsere oberirdische Vegetation der Pflanzengärten und damit auch gegen die Dunkelheit in unserer Unterwelt zu erzeugen.
Waffentechnisch ist die Sicherheit zur Verteidigung von Atlantis gut ausgerüstet. Sollten Drohnen unsere Vegetation jemals angreifen können, stören wir die Halbleiter ihrer Elektronik in den Laserwaffen durch Materialabtrag, das ist erprobt.
Später erwähne ich den Angriff auf Atlantis vor vielen Jahrzehnten der Machthabenden. Der blieb ohne Beeinträchtigung für unser Dasein.
Diese umfassende Information vorab".
Egmond setzt sich, außergewöhnlich die lange Rede von ihm.
Karius steht auf, verneigt sich.
„Wir danken euch für die Hilfe aus Not und die freundliche Aufnahme.

Es ist so schön, wieder die alte Sprache zu hören. Euer
Exodus damals. Die Entschlusskraft war
bemerkenswert".
Karius gebraucht die alten Worte, um seine
Abstammung zu zeigen.
Egmond erhebt sich, lächelt entgegenkommend.
„Wie ich schon sagte, hat sich unsere Sprache aus den
alten europäischen Sprachen entwickelt und wir können
uns untereinander verständigen. Nur wenige, wie wir,
reden noch gelegentlich den alten Dialekt", setzt sich.

Boris steht auf, ergreift damit das Wort.
„Mit Einverständnis des Rates, möchte ich unsere
Herkunft näher ausführen.
Wir fanden Zuflucht in der Weite Europas/Asiens. Von
der Natur verschlossene, unzugängliche, bergige
Regionen. Für die Jagddrohnen nicht erreichbar.
Ihr Aktionsradius war und ist wegen der unzureichenden
Energie nicht ausreichend. Auch die Ortung mit ihren
Systemen war nicht möglich, da wir zuerst unter der
Erde lebten und teilweise noch leben.
Nach und nach baute die Gemeinschaft Tunnelsysteme
zur Sicherheit nach Westen hin, aus. Das forderte viel
Gemeinschaftssinn und Kraft.
Der sparsame Umgang mit den vorhandenen
Ressourcen, vor allem Wasser und den mit gebrachten
Pflanzen, förderten die rasche Entwicklung von Atlantis
in den Jahrzehnten.
Wichtig ist vor allem, auch noch heute, die
Sicherstellung der Ernährung zum Überleben und die
Erfolge im Gesundheits- und Sicherheitssystem.
Ich denke", schaut zum Rat, „ihr werdet Atlantis mit Mia
und Charlene, mit dem Freizeitgelände in der Vegetation
dort, noch kennen lernen.
Die Geburtenkontrolle in Atlantis ist seit Jahren
eingeführt.

Sie begrenzt die maximale Zahl von Neubürgern.
Demoskopisch ist der Lebensbaum normal.
Momentan leben hier 18 553 Bürger.
Das durchschnittliche Lebensalter wird mit etwa 100
Sonnenlebensjahren, oder auch mehr, erreicht.
Die Herrschenden oben im Ödland, erleben durch die
Organimplantationen weit mehr als 140Jahre.
Wenn dort der Tod eintritt, werden Trauerfeierlichkeiten
im alten Ritus in Gange gesetzt. Wie vormals in alten
Zeiten mit Pietätsduselei.
Aber schnell kommen die Leichname danach in die
Entsorgung zur Wiederverwendung, nichts bleibt zurück
zur Erinnerung.
Bei uns in Atlantis behandeln wir Pietätvoll die Toten.
In speziellen Räumen wird der Leichnam getrocknet bis
er mumifiziert ist. Dann beerdigen wir den im
Freizeitgelände, aufbewahrt in den dortigen Katakomben
im Hügel.
Die Krankenlager der zu Heilenden sind recht kurz,
aufgrund der medizinischen Behandlungen und der
Lebensweise.
Alkohol wird an gewissen Tagen begrenzt ausgegeben",
er schmunzelt.
„Etwas Lebensqualität haben wir uns von früher
erhalten.
Jeder im Rat erledigt die, die ihm durch seine Wahl,
aufgegebenen Verantwortungen.
Die Kunst wird gepflegt, wie zum Beispiel die Musik.
Sie wird auf gut gepflegten, alten Instrumenten
vorgetragen. Lesungen und Theaterstücke kommen zur
Aufführung.
Schule ist, wie in alten Zeiten, Pflicht.
Besonders Begabte, egal für welche Eignung, werden
wunschgemäß gefördert.
Alle Gesetze wurden demokratisch nach Stimmabgabe
der Bürger, durch den Rat festgelegt. So leben wir".

Er beendet die Ausführungen, setzt sich.
Egmond steht zum Wort auf.
„Dieses Leben in Atlantis kann nur durch Abwehr von
Gefahren gewährleistet sein.
Vor Jahrzehnten sind Angriffe der Machthabenden von
Panmundo mit Laserstrahlen in unseren Untergrund,
erfolgt. Es war uns rätselhaft, wie es ihnen gelang.
Atlantis hat es deshalb überstanden, weil die Gänge zur
Oberfläche in Kurven und Windungen verlaufen und
längs abfallen.
Laser trafen nur gegen die Felswände, dennoch starben
Mitbürger.
Robdock versuchten sogar mit Baggern aus der
vergangenen Zeit, auf der Erdoberfläche den Boden
abzutragen, damit die Gänge offen sind.

Der Rat tagte damals Tag und Nacht, wie der Angriff zu
beenden ist.
Ein Wissenschaftler aus der Sicherheit brachte die
Magnetfelder zur Problemlösung ins Gespräch.
Kurzum, das brachte den Erfolg.
Die Magnetfelder richteten wir zur Abwehr in die Gänge
nach oben ein und drehten die Polung um und lösten die
Energie aus.
Nach kurzer Zeit war Stille an der Oberfläche.
In der Nacht stiegen Freiwillige der Sicherheitskräfte
nach oben. Sie überschauten mit den alten
Nachtsichtgläsern die Lage.
Robdock, Jagddrohnen und die Bagger waren total
verformt. Selbst die langarmigen Fühlerlanzen der
Strahler ihrer Laserkanonen, hingen geschmolzen am
Stromerzeuger der Lafette herab.
Das war der Start zur Weiterentwicklung von
Magnetfeldern in Labortests.

Mehr darf ich dazu nicht aussagen.

Wenn ihr in Atlantis aufgenommen seid, mit dem
Einverständnis vom Rat, werden wir weiteres Wissen mit
euch teilen. Doch der aktuelle Stand eurer Kenntnis über
Euraskia ist für unsere Zusammenleben wichtig".
Er setzt sich, gibt damit die Rede weiter.

Karius schaut Zofia-Maria verträumt an. In seinen
vertieften Gedanken türmen sich Fragen auf.
Wie alt mag sie sein? Hat sie Familie? Leben hier alle in
verschiedenen Lebensgemeinschaften?
Sie scheint seine Gedanken zu lesen und blickt Egmond
fragend an. Der nickt.
„Nur zu, Zofia-Maria. Du bist verantwortlich für die
Gesellschaft".
Sie schaut Karius ernst an.
„Was ihr oben unter eß versteht, ist bei uns die Liebe,
nach Muster der alten Zeit. Wir binden uns an Partner,
aber, können uns auch, in beiderseitigem
Einverständnis, trennen".
Sie blickt ihn schelmisch an.
„Die Verbindungen sind von Verständnis und Zuneigung
geprägt und der Zusammenhalt und Verständnis, hat
uns Krisen, wie Boris erzählte, überstehen lassen.
Wenn Menschen zusammengehen wollen, wird das für
die Atlantianer, sichtbar für alle, zur Kenntnis gebracht.
Ein Ring hinter dem Namen in dem Monitor der
öffentlichen Anzeige bedeutet, dass der Mensch allein
lebt.
Zwei Ringe, miteinander verschlungen, sind sie ein Paar.
Bei Auflösung der Partnerschaft, sind die Ringe wieder
einzeln hinter dem Namen aufgeführt,
Eine Löschung der Verbindung erfolgt nach 30
Sonnentagen in dem Sonnenjahr.
Wir leben nach der Sonnenuhr, weil wir die meiste Zeit in
der Unterwelt verbringen.
Deshalb ist unsere Einordnung nach dem Sonnenjahr.

Die einzige Leitung und Instanz für alle, ist der Rat hier.
Im Rhythmus von 4 Sonnenzeiten bestimmt durch Wahl
von den Bürgern.
Der Auseinanderfall der Familien in der alten Epoche
führte zu Egoismen, in der sich die Stärksten
durchsetzten, ohne Rücksicht.
Das ist hier nicht mehr möglich.
In vergangenen Zeiten nannte man unsere jetzige
Ratsform, geprägt vom Verständnis zueinander,
Demokratie.
In Atlantis tragen alle Einwohner nur Vornamen, wie ihr
bemerkt habt. Keiner hat den gleichen Vornamen. Wir
sprechen uns mit Du an, aber auch mit Sie, wenn es der
Respekt gebiert".
Zofia-Marie nickt zu Egmond, der steht bereits.
„Ich danke euch für die Darstellungen. Mit Milan gleitet
ihr jetzt zum Frühstück, wie die Altvorderen sagten",
lächelt.
Smets und Karius bedanken sich, die Organisation, die
Regeln von Atlantis, hat beide beeindruckt.

Karius schaut Milan skeptisch an.
„Frühstück, den Ausdruck habe ich schon seit Zeiten
nicht mehr gehört. Ich bin gespannt Milan, was es zum
Frühstück bei euch gibt".
„Und ich erst auf die Fahrt", voller Freude ist Smets, als
sie einsteigen.
Der stürmische Start des Magneto presst beide fest in
die Sitze.
Ungewohnt von dem hohen Tempo auf den
Magnetschienen, rauschen sie durch die Gänge.
Obwohl Gurte sich beim Start automatisch um den
Körper gelegt haben, umklammern sie fest die Griffe.
Hin und wieder braust ein Magneto ihnen entgegen und
huscht vorbei.

Am Ende des stillen Gleitens, führt sie Milan an ein
kleines Fenster. Augenblicklich geht eine Flügeltür auf.
Sie stehen vor einem großen Saal, an langen Tafeln
sitzen Menschen und essen.
Die Köpfe der Anwesenden drehen sich zu ihnen,
mustern sie interessiert. Der unerwartete Besuch in
Atlantis hatte sich herum gesprochen.
Milan führt sie zwischen die Sitzenden zum Sitzplatz.
Ungelenk nehmen beide Platz. Freundlich rutschen die
Sitznachbarn beiseite.
Stille in dem Raum entsteht.
Ein Klopfen auf dem langen Esstisch mit den Händen
beginnt. Alle stimmen mit ein.
Milan lächelt zufrieden und beugt sich zu den Gästen.
„Sie haben euch aufgenommen. Das Volk hat
abgestimmt. Kommt mit, nun bringe ich euch an das
Buffet.
Zögerlich nimmt Karius eine Schale aus Milans Hand.
Ehrfurchtsvoll und vorsichtig auch Smets.
„Diese flachen Schüsseln sind uns unbekannt, Milan".
„Wir bezeichnen sie als Schalen" und geht vor zum
Buffet, bedächtig und staunend folgen sie ihm.

Auf der Schiebebahn vor den Anrichten stehen sie
erstaunt vor der Vielfalt der morgendlichen Speisen.
„Hier in der Anrichte, das ist tierischer Ersatz, Avocados
mit Pilzen gefüllt".
Er nimmt eine Zange, fördert aus dem Behälter etwas
Rundes, längliches.
„Das sind kleine Klopse, so sagen wir dazu. Geformt aus
mikrobiellem Lab, mit Kräutern, Zwiebeln, Knoblauch
und Gurken eingemischt. Die sind sehr beliebt.
Ich gebe euch eine zum kosten" und legt jedem eine auf
die Schale.
Auf die aufgereihten Behälter der Getränke deutet Milan.
„Nehmt euch einen Becher, stellt ihn darunter.

Wasser, Tee, Kaffee und ein Saft, was ihr wollt" und
zeigt zum Sensor.
„Alles kommt aus dem Garten- und Pflanzengelände.
Esst reichlich, denn es ist die einzige Mahlzeit bis zum
Abend. Nehmt eine Stange Brot und ein Drageé aus
dem Spender. Das ist wichtig, denn sie enthält die
Tagesdosis gegen den Mangel an Licht.
Am Ende der Theke liegen Obst, Äpfel, Birnen und
Nüsse bereit".
Karius staunt, „diese Art der Speisen sind uns
unbekannt. Ich hörte davon aus Erzählungen. Der
Essensautomat war unsere Ernährung in Euraskia".
„Ja, das wissen wir. Der Nebel aus dem Schlauch
besteht nur aus behandelter Nahrung. Die stammt aus
der Entsorgung und ist chemisch aufbereitet.
Angereichert mit minderwertigem Pflanzengemisch.
Aber nun probiert was euch gefällt, nur, esst langsam,
wie die Mitbürger".
Sie setzen sich und blicken verstohlen zu den andern.
Die lächeln freundlich, nicken aufmunternd zu.
Beim essen entsteht unüberhörbar ein Gerede der
Bürger untereinander, über die neuen Gäste.

Milan, der bei ihnen bleibt, bringt nach dem Essen beide
mit dem Magnetschlitten zurück.
„Ich hole euch später noch mal ab, der Rat möchte mit
euch sprechen.
Dort, an dem grün leuchtenden Knopf, könnt ihr
Unterhaltung anfordern" und geht durch die sich
öffnende Wand fort.

Als Milan zur Abholung eintrifft, erklärt er, während
langsamer Fahrt, die Technik und Bedienung des
Schlittens.
„Ihr sollt lernen den Magneto selbst zu fahren".

Als sie in die Halle des Rates eintreten, bedeutet Milan
den Sitzplatz.
„Setzt euch bitte hier hin, der Rat nimmt gleich in den
Residenzen Platz".
Legér, doch mit Würde tritt das Komitée ein und begrüßt
beide mit Handzeichen.
„Wir hoffen, euch hat die morgendliche
Nahrungsaufnahme geschmeckt", beginnt Egmond die
Anrede.
„Zuerst ein Hinweis. Nach alter Sitte des Rates erhebt
sich der Redner aber erst, wenn der Vorredner sich
gesetzt hat".
Karius hat nur Augen für Zofia-Maria.
Er kann ihr Alter immer noch nicht glauben.
Sie bemerkt seine Blicke und nimmt leicht verwirrt Platz,
vermeidet den Blickkontakt zu ihm.
Egmond steht noch.
Smets hängt an Egmonds Lippen.
„Wir haben beschlossen, euch in die
Lebensgemeinschaft von Atlantis einzubringen".
Karius und Smets sind überrascht.
„Durch eure Angehörigkeit zu Atlantis, kann nun
Esteban, der Sicherheitsbeauftragte von Atlantis, im
Altreich Verteidigungsminister genannt, mit den
Ausführungen beginnen".
Egmond setzt sich.

Esteban erhebt sich.
„Es ist so, wie Egmond gesagt hat. Der Beschluss zur
Aufnahme von euch erfolgte einstimmig. Damit dürft ihr
mehr zur Sicherheit von Atlantis erfahren", so Esteban.
Zofia-Maria beobachtet nachdenklich Karius, während
Esteban fort fährt.
„Wir sind interessiert von dem Wissen über das Leben
der Machthabenden an der Erdoberfläche. Ihr habt

Kenntnis davon" und blickt Smets und Karius mit
angespannten Blick an.
„Virtuell wollen wir Einfluss zu den umliegenden
Gebieten gewinnen. Um später mit unseren begrenzten
Mitteln das Ödland zu internieren. Damit könnten wir die
Sicherheitszone von Atlantis erweitern.
Ich werde deshalb euch in der nächsten Zeit aufsuchen
und befragen, um mir ein Bild von der Situation in
Euraskia zu machen. Bitte Boris, erläutere weiter".
Boris steht auf, Esteban setzt sich.
„Smets, die Heiler haben den Auftrag vom Rat, mit
deiner Billigung, den Chip aus dem Schulterblatt zu
entfernen.
Weiter haben wir vor, euch als Beobachter nach
Euraskia, einzuschleusen.
Selbstverständlich nur, wenn ihr einverstanden seid.
Erforderliche Schutzmaßnahmen für die Exkursion sind
bereits geplant".
Boris verneigt sich, setzt sich wieder.
Smets und Karius schauen sich schweigend an, denken
das Gleiche, es ist heraus....
Das ist die Bedingung für ihre Einbürgerung!
Karius schaut zu Zofia-Maria.
Sie ist verlegen, erwidert aber den Blick tiefgründig.
Egmond bemerkt den fragenden Blick von Karius zu ihr
und erhebt sich.
„Smets und Karius. Die Anfrage vom Rat an euch ist mit
der Sorge um Atlantis begründet.
Das weitere Wohl des Landes hängt von dem Wissen
ab, was „Oben„ bisher geschehen und möglich ist, zum
Angriff auf Atlantis. Das Vorhaben von Euraskia Atlantis
zu eliminieren, ist uns bewusst.
Keiner von der Sicherheit kann das auskundschaften,
wie der neueste Stand ihrer Laserstrahler und der
Ortung ist.

Aber und das ist uns wichtig, aus freien Stücken sollt ihr
die Entscheidung des Auftrages überdenken. Sie ist
nicht an Bedingungen gebunden.
Mia wird in den nächsten Tagen mit euch das
Freizeitgelände besuchen und damit den Überblick auf
Atlantis für euch noch erweitern und, ob es sich lohnt, für
die Atlantianer einzustehen.
Selbst wenn ihr die Sicherheitsaufgabe nicht machen
wollt, oder könnt, bleibt ihr sehr willkommen".
Er setzt sich.
Milan steht auf.
„Damit ist die Tagung des Rates beendet".

Mit Seitenblick von Karius an Zofia-Maria, meldet er sich
und Smets, mit freundlichem Gruß zum Rat, ab.
Der Magnetschlitten, von Smets zum ersten Mal bedient,
befördert sie schnell in die Unterkunft, für Karius zu
schnell.
„Der Magneto ist super, man gibt die Ordnungslinien ein
und braucht nur die Geschwindigkeit zu bestimmen".
„Smets, deine Bestimmung vom Tempo habe ich schon
bemerkt" und steigt ungelenk aus.
Im Domizil steht gleich der Meinungsaustausch an.
„Wie denkst du über die Sicherheitsfrage, Karius?".
„Wenn die Machthaber von Panmundo tatsächlich Zugriff
nehmen auf Atlantis, entscheide ich mich für Atlantis.
Das einzigartige Leben hier sollten wir unterstützen.
Ich bin für die Sicherheitsaufgabe, Smets".
„Ja, es ist auch mein Standpunkt, wir sind uns also einig.
Ich bin zuversichtlich, dass es uns gelingen wird, die
momentane Situation in Euraskia zu ermitteln. Es wird
schon gut gehen".
Bevor er weiter sprechen kann, geht die Türwand auf.
Charlene tritt ein.

Sie ist betont sachlich.

„Smets, ich, die Heilerin, entferne nun deinen Chip.
Möchtest du mit mir in die Heilstätte gehen?".
„Ja, ich bin unendlich froh Charlene, den Chip los zu
werden. Bis gleich Karius".
Auf den Magnetschienen geht die Reise steil nach oben
zur Heilstätte.
Der Magneto stoppt vor einer riesigen Glaskuppel.
Charlene gibt Smets eine getönte Brille.
„Deine Augen müssen gegen die Helligkeit im Dom
geschützt sein" und geht vor ihm durch die sich öffnende
Wand.
Sonnenlicht überstrahlt den großen Raum, überdacht ist
die mächtige Kuppel mit durchsichtigen Material.
Smets steht mit offenen Mund staunend da und
beobachtet das Treiben der Leute.
An den Rändern der Kuppel, schließen und öffnen sich
die Wände, aus denen dauernd Menschen in
verschieden farbiger Kleidung das Rondell queren. Ein
ständiges Kommen und Gehen.
Inmitten, auf erhöhtem Platz, erteilt eine dunkelhäutige
Frau Anweisungen zu dem unter ihr, vor den
Bildschirmen sitzendem, Team. Sie bespricht sich
zwischenzeitlich noch mit dem Monitor über dem Kopf.
Charlene nimmt Smets am Arm.
„Hier siehst du in das Herz für uns Heiler.
Die Organisation zur Durchführung von Behandlungen,
liegt heute in den Händen von Sulu" und deutet auf das
Podest.
Smets ist überwältigt und schaut sich um.
Pflanzen umrahmen und gedeihen am äußeren Rand
der Kuppel. Die Sonne überstrahlt alles.
Auf ein Zeichen von Charlene öffnet sich eine Wand und
sie führt Smets in den Bereich einer Halterung.
„Stell dich in die Vorrichtung und verhalte dich ruhig. Du
bleibst einen Moment allein, ich muss zu meinem Schutz
in die Sicherung und hier den Bereich verlassen".

Smets fühlt aufkommende Beklemmung, als das Gestell
ihn umschließt. Es ist genau so eng, als damals der Chip
implantiert worden ist.
Charlenes ruhige Stimme kommt aus dem Monitor vor
ihm.
„Keine Bedenken Smets. Das Implantationsgerät der
Herrschenden ist von uns umgewandelt. Statt den Chip
hinein zu geben, saugen wir es mit starkem Sog heraus.
Es geht schnell.
Wir fixieren deinen Körper nun in der Anlage. Verhalte
dich gelassen.
Achtung“.
Smets verspürt kurz den Druck im Rücken und hört ein
plopp.
Die Umklammerung geht auf.
„Noch einen Augenblick“, Charlenes ruhige Stimme aus
der Überwachung.
Ein Gerät streift sanft über die Schulter.

Sie legt ihre Hand auf die Schulter, steht bei ihm an der
Halterung.
„Es ist alles in Ordnung“ und zeigt den Transponder in
dem Vergrößerungsmonitor in der Schale.
„So sieht der Chip aus. Unglaublich was das Implantat
leistet. Tests von uns zeigten Ergebnisse an, die unsere
Forscher verblüfft haben. Du kannst jetzt ohne mich mit
dem Magneto zurück. Ich führe dich hinaus“.
„Charlene, am liebsten würde ich bleiben. Die Sonne, die
Pflanzen. Es ist so schön hier unter dem Dach“.
Lächelnd gibt sie die Zurückhaltung auf.
„Mia wird euch das Freizeitparadies in der ganzen
Pflanzenpracht und Vielfalt zeigen. Behalte den
Augenschutz für spätere Excursionen, der Helligkeit
wegen“.

Der Morgensound klingt erst sanft in de Raum, dann
lauter werdend und weckt die Schläfer auf.
Mia meldet sich mit milder Stimme von oben.
„Guten Morgen, aufstehen ihr Schlafmützen, die Sonne
scheint. Wir haben bis Sonnenuntergang viel vor.
Das Freizeitgelände wartet auf euch.
Danach erfolgt für die Bildungsarmen Menschenwesen
die Inklusion in die Natur mit mir" und lacht.
Sie lächelt Smets aus dem Bildschirm an, „in kurzer Zeit
bin ich mit dem Magneto bei euch".
Ihre Stimme gleitet weg und der Sonnenaufgang erfüllt
den Raum mit Helligkeit.
„Schlafmützen hat sie gesagt, kennst du das Wort noch,
Smets?".
„Nie gehört, beeil dich. Neues erwartet uns".
Obwohl sie schnell angezogen sind, wartet Mia bereits
im Magneto.
„Wir gleiten 40 Sonnenminuten zum Freizeitgelände.
Karius, hier dein Augenschutz".
„Habe ich schon", Smets gähnt noch verschlafen.
Mia gibt die Daten ein und dreht den Sitz, überprüft
beide.
„Die Haltebügel müssen anschmiegsam und fest sitzen,
da das Tempo wegen der größeren Entfernung höher ist.
Es geht los" und legt den Finger auf das Gerät am
Handgelenk.
Im Nu rauscht der Schlitten auf ansteigender Schiene
durch die Tunnel.
Bis einsetzende Helligkeit über die Köpfe erst aufblitzt,
dann grell wird.
Sie sind am Ziel. Trotz des Schutzes halten sie
geblendet die Augen zu. Der Magneto hält an.
Smets und Karius gewöhnen sich langsam an das Licht,
öffnen die Augen und sehen Wasser.
Mia hat vor einem See angehalten.
Smets und Karius schauen sich mit Staunen an.

„Wasser, das ist wirklich Wasser?".
„Ja, in der Tat", Mia schaut vergnüglich in die erstaunten Gesichter.
„Es ist ein See, die gab es überall in der alten Zeit auf allen Kontinenten. Bäume waren einst die Wasserspeicher für sie.
Die damalige Klimapolitik holzte die Wälder ab.
Errichtete künstliche Stromerzeuger. Das in den Bäumen gesammelte Grundwasser fehlte in den Speichern der Seen.
Die Folge war, das Land und die Gewässer auf der Erde trockneten aus.
Die Machthabenden legten für sich Stauseen an, befüllten sie mit gereinigtem Regenwasser für die Pflanzen und Tiere.
Die Einheiten erhielten nur gereinigtes Abwasser.
Durch unseren Naturschutz in Atlantis blieben uns die Quellen erhalten.
Schaut dort, auf dem Berg, da sind die Wälder. An der anderen Seite die Gärten. Fahren wir um den See, steigt ein".
In langsamer Fahrt gleitet der Bob durch die üppige Pflanzenwelt in ein Blumenmeer.
Die beiden sind überwältigt von der Vielfalt und Pracht der Schöpfung. Der Duft der Pflanzen berauscht ihre Sinne.
Karius findet als Erster die Sprache wieder.
„Wie konntet das aus der alten Zeit nur erhalten werden? Unglaublich, ich habe das nie geglaubt, wenn Altvordere von Pflanzen und Wasser erzählten".
„Wunderschön", auch Smets ist hingerissen.
„Viele Hände sind am Sonnentag hier, schaut nur dort in den Gärten. Jeder erledigt die ihm zugewiesene Arbeit. Seht nur das emsige arbeiten in den Pflanzen".
„Mia, dürfen wir im See baden? Wir waren noch nie im Wasser".

„Ja, ich habe die Erlaubnis dazu bekommen. Aber nur an
den angezeigten Punkten, da ihr Nichtschwimmer seid
und ertrinken könntet.
Außerdem müsst ihr vorher die Sprühanlage an der
Badeanlage dort vorne zum Körperbad benützen. Das
Wasser im See muss rein bleiben.
Geht bitte ausgekleidet in den See. Ich weiß, in der alten
Welt ist man nicht immer nackt schwimmen gegangen.
Wir Atlantianer sehen das in unserer Weltanschauung
anders, sind ohne Schamgefühl.
Ein jeder kommt nackt auf die Welt und verlässt sie auch
so wieder“.
Mia hält Smets im Magneto am Arm an, Karius ist schon
auf dem Weg zum Körperbad.
„Smets, warte einen Moment, bitte“. Mia blickt ihn
abwägend an.
„Mir ist deine Sympathie zu mir aufgefallen.
Ich mag dich, aber mein Alter beträgt schon eine
Lebenszeit von 54 Sonnenjahren, ich bin zu alt für dich“.
„Ich kann das nicht glauben, du siehst so jung und schön
aus“.
Mia errötet über das ganze Gesicht, sie ist verlegen.
„Smets, mein Lebenspartner hat bereits eine Lebenszeit
von 64. Ich möchte mich nicht von ihm trennen.
Außerdem habe ich im Bindungsalter, als die
Geburtenkontrollfrage zum Kinderwunsch kam, mich so
geäußert, das ich auf Kinder verzichte.
Selbst in den periodisch geführten Nachfragen an mich,
blieb ich bei der Entscheidung“.
„Mia, ich kann das nicht glauben“, Smets ist perplex.
„Ja doch, unsere Lebenszeit und das Lebensalter wird in
Atlantis anders, als im Altreich, berechnet.
Dank der Disziplin in der Ernährung und dem
alltäglichen, präventiven Bewegungsverhalten,
ist der Gesundheitszustand der Bevölkerung hoch.

Die Untersuchungen durch die Heiler, erfolgen nach dem
Sonnenjahr für Jeden.
Du verstehst mich jetzt?" und drückt ihm einen leichten
Kuss auf die Wange.
„Zum Sonnenabgang am Ende der Tagzeit, hole ich
euch ab. Vergnügt euch, ab ins Wasser, aber denkt an
die Entscheidung die anfällt" und lächelt
gewinnbringend.

Milan holt Smets und Karius am übernächsten
Sonnentag ab. Der Rat bittet um Antwort zu ihrem
Ansinnen.
Im Saal fällt der Ernst in den Gesichtern des Rates den
Beiden auf.

Alle Ratsmitglieder stehen bereits und begrüßen Karius
und Smets, setzen sich anschließend.
Bis auf Egmond.
„Wie hat euch der Freizeitpark und die Gärten zur
Ernährung gefallen?".
Karius ist erstaunt über die belanglose Frage, sind doch
die Mienen des Rates sehr ernst.
Egmond setzt sich.
Karius erhebt sich, ergreift das Wort.
„Es war überwältigend. Die Pflanzenpracht und die Düfte
haben unsere Sinne belebt. Das baden im Seewasser,
ein wunderbares Gefühl. Wir können nur danken, für die
Aufnahme in der Gemeinschaft Atlantis. Das wir hier
bedingungslos leben dürfen und freundlich
aufgenommen sind. Smets und ich sind uns einig"…,
stockt einen Augenblick und atmet tief ein, „wir willigen in
die erwähnte Einschleusung nach Euraskia ein und
möchten einen Beitrag zum Erhalt dieser wunderbaren
Welt leisten".
Setzt sich.
Der Organisator Boris erhebt sich.

„Wir danken für die uns förderliche Entscheidung. Nur ihr
könnt diesen Auftrag bewältigen, durch eure Erfahrung
in der Welt Euraskias.
Die Aufgabe ist heikel, wird schwierig sein. Dazu meine
längeren Ausführungen:
Die Gefahren, mit denen ihr bestimmt konfrontiert
werdet, will ich euch vor Augen führen.
Die Laserwaffen der Euraskia Jagdro und der Robdock
sind gefährlich, ihr wisst das.
Schutzlos seid ihr trotzdem nicht. Grob will ich auf die
Abwehrmöglichkeiten gegen ihre Laserlanzen hinweisen.
Das Gemeinschaft der Sicherheit hat ein beschleunigtes
Magnetfeld entwickelt, die mit Kraftlinien eine Konstanz
erzeugt.
Die Dynamik ist dabei wichtig, denn sie ist abhängig von
der Feldstärke des Magneten und dem Stromfluss.
Der wiederum nimmt, mit der elektromagnetischen
Wirkung, Einfluss auf Strom fließende Leiter.
Durch den Einsatz der Magnetfelder, fehlen die
Zentrifugalkräfte des anvisierten Objekts.
Mit den schwindenden Zentrifugalkräfte des Objekts,
kommt es zum Kollaps der inneren Magnetfelder, sie
zerplatzen.
Der getroffene Gegenstand ist vernichtet.
Wichtig für unsere Forschung war, dass die Stromquelle,
bzw. Energiespeicher, vollständig und mobil für den
Einsatz transportabel sind.

°1

Die magnetischen Felder die wir erzeugen können,
funktionieren als Störwaffe gut, aber die magnetischen
Felder zeigen im Einsatz auch die Anwesenheit fremder,
mithin eure Kräfte, der Leit-Drohne an.
Die wird euch orten und Jagdro zur Verfolgung und zur
Vernichtung starten.

Die intensive Vorbereitung und Direktiven zu dem
Einschleusen in Euraskia Ödland, führt die Sicherheit
mit euch in den nächsten Tagen in der Sicherheitszone
durch.
Vor allem die Unterweisung zum Schutz vor Jagdro.
Tests sind vorbereitet. Die Überwachung von Euraskia,
stellt bald das fremde Eindringen fest und die Abwehr
wird schnell handeln, möglicherweise hektisch.
Denn damit haben sie nicht gerechnet, dass Altvordere
aus dem Osten, in Euraskia eindringen könnten.
Vom Ödland bis zur Euraskiagrenze, überwacht euch
unsere atlantische Sicherheit.
So weit die durchführbar ist, auch bis zu eurer Rückkehr.
Wir sind wachsam !
Ein Spruch aus der alten Zeit, der sagt uns, Angriff ist
die beste Verteidigung".
Der sonst ernste Boris lächelt in die Runde und fügt
hinzu, „es wird sich zeigen".

ooo o

Panmundo-Universus ist mit dem Erhalt ihres
Machtgefüges in den Imperien geplagt. Dazu ist noch
der Machtkampf zwischen Sue Mee und Cocho
ausgebrochen.
Vor allem flammen immerzu Widerstände, hauptsächlich
in Gondowakia, gegen Ngoro und zwischen anderen
Stammesfürsten auf.

Für die anderen Imperien ist die Verchipung der
Einheiten, die erstrangige, wichtigere Aufgabe.
Denn mit der umfassenden Überwachung, können sie
entstehende Opposition im Keim ersticken.

In den turnusgemäßen Zusammenkünften wird die
Übernahme von dem Altreich in den Diskussionen, nur
noch am Rande erwähnt.

Zum Missfallen von Sue Mee, denn sie will die anderen
Imperien zur Attacke gegen Atlantis gewinnen.
Ihr Machtbereich liegt am nächsten zu Atlantis und
beansprucht deshalb die Landerweiterung durch eine
Okkupation von Euraskia dort, mit Hilfe Panmundos.
Cocho wiederum bremst in den Tagungen Sue Mees
Forderung mit der Begründung, dass sie noch keine
konkreten Pläne zum Eingreifen gegen Atlantis vorgelegt
hat.
Ihr Argument kann Sue Mee nicht widerlegen.
„Die Zeit um die Abtrünnigen zu eliminieren, läuft für
uns", beruhigt Cocho im Abschluss die Anwesenden, mit
Seitenblick zu Sue Mee.
Und ist zufrieden mit der Zunahme der Bedeutung ihrer
Stellung in Panmundo.
Die Gewaltinhaber Panmundis pflichten ihr bei.
Sie vertrauen den Drohnen, Robdock und Laserwaffen.
Zunehmend auch durch die Überwachung mit den Chip.
Außerdem haben sie mehr Vertrauen in Cocho und
setzen auf sie.
Sue Mee achtet verstärkt mit ihrer Eifersucht auf Cochos
handeln und ihrem beginnenden, vermehrten
Machtzuwachs.

Keiner aus Panmundo-Universus kann sich daher ein
Eindringen von Atlantianer in Euraskia vorstellen.
Es erscheint ihnen unmöglich, aus der in unendlicher
Weite, nicht zugänglichen Region, auch für sie, ein
eindringen dort lebenden Altvorderen in Euraskia.
Wichtigere Probleme sind zu lösen.

Aber bald wird das unvermutete Auftreten und Erkunden
von Karius und Smets, Wirkung auf Panmundo zeigen.
Weiterführende Probleme stellen sich dann ein, die sich
zu erheblichen Konflikten zwischen den Panmundo-
Universus Imperien entwickeln.

Im 8.Sonnenmonat des gleichen Sonnenjahrs, arbeitet
Smets mit den Sicherheitskräften aus dem engsten Stab
von Esteban, zusammen.
Aus Gründen der Geheimhaltung, sind sie nur
nummeriert vorgestellt worden.
Smets erhält Wissen über die Magnetfelder und er
informiert sie mit seinen Kenntnissen zu der technischen
und elektronischen Herstellung und Bau der Drohnen.
Seine Frage an die Sicherheitsexperten, nach der
weiteren Entwicklung des Magnetstrahlers, wollen die
erstmal nicht näher ausführen.

In der gemeinsamen Arbeit, nun mit Karius, stehen
Experimente und Training zur Durchführung bevor.
Die zeigen bald erste belastbare Ergebnisse, sodass
dem Rat ein umfassendes Resultat unterbreitet werden
kann.
Esteban prüft Sonnentagelang den Ablauf der Invasion.
Danach empfiehlt er Milan, der Rat solle unverzüglich
zusammen treten und entscheiden, wann und wo sie
beginnt.

Esteban, die Sicherheitsexperten, Smets und Karius
erwarten den Rat stehend vor der ovalen Tafel.
Egmond tritt mit den anderen Mitglieder ein.
Esteban bleibt stehen, schaut über die Versammelten,
die sich hinsetzen.
Egmond senkt kurz den Kopf, „sprecht, wie ist der Stand
der Dinge, Esteban".
„Hoher Rat, die zwei wichtigsten Erkenntnisse.
Zum Ersten.
Wir kennen den aktuellen Stand der Lasertechnik von
Euraskia und Panmundo zurzeit nicht, was aber nicht so
entscheidend ist.

Zweitens.
Smets und den Sicherheitsexperten ist es gelungen,
eine simulierte Störung in der Elektronik der Drohnen
und Robdock, mittels der Magnetfelder, durchzuführen.
Die unerlässliche Beurteilung für das Vorhaben.
Mit der Geophysik haben wir mehr Wissen über die
Wirkung erfahren.
Die Erprobung zeigt gute, belastbare Resultate.
Einiges hatten wir schon in den vergangen Versuchen
bewirkt, aber nur der belegbare Beweis fehlte.
In den letzten Tests konnten wir die Wirkung von
Magnetfeldern nachweisen und wissen jetzt, dass sich
Material durch den Einsatz des Magnetradiators
intermolekular verändert.
Die betroffene Materie, egal welche, schmilzt, zerfließt.
Das Problem ist, an die Sicherheit von Euraskia, mit
ihren Drohnen und Lasern, zu gelangen.
Das wäre die Aufgabe von Smets und Karius.
Durch die Anwendung der Magnetfelder haben wir den
Vorteil, dem zugedachten Angriff von Euraskia auf
Atlantis, zuvor zu kommen.
Politisch sind wir einstimmig der Meinung, das Ödland
für Atlantis zu gewinnen, die Grenzen des Altreichs
auszudehnen. Das die Distanz zu Panmundos Euraskia
größer wird.
Die Pufferzone wäre dann erweitert,
Um diese von Panmundo zu überwinden ist für sie fast",
überblickt zufrieden die Anwesenden, „unmöglich und
wir würden bis ins nächste Jahrhundert in Ruhe leben".
Esteban ist fertig, setzt sich.
Egmond erhebt sich.
„Wir danken dir für die Ausführungen Esteban und euch
Mitarbeitern der Sicherheit. Trotzdem, sollte das Wagnis
gelingen, müssen wir weiterhin Vorsicht gegenüber
Chijap im Osten, walten lassen.
Smets, Karius. Wie denkt ihr über euren Einsatz?".

Smets tritt vor.
„Wir beide schließen uns Estebans Einschätzungen an.
Der Plan ins Ödland einzutreten ist für uns richtig und
festgelegt.
Diese Tests waren und sind für uns beide zuverlässig
und gut vorbereitet".
Zofia-Maria sieht Karius gefühlsbetont, mit umwölkter
Stirn an.
Er bemerkt ihren sorgenvollen Blick aus dem
Augenwinkel.
Die Aktion wird nach dieser Aussage vom Rat endgültig
und ohne Gegenstimme, beschlossen.
Esteban drängt auf schnelle Ausführung des Vorhabens.

Noch in der Nacht holt Milan sie ab.
„Die Bedeutung für Atlantis und das Risiko ist euch
bewusst" und schaut ernst in die Gesichter.

Die Sicherheitsexperten von Esteban erwarten sie
bereits, beginnen sofort Karius und Smets mit den
nötigen Apparaten auszustatten und anzulegen
Das für den Magneten erzeugende schwere Kraftwerk,
befestigen sie mit Gurten auf Karius Rücken.
Smets trägt den Störsender, zusammen mit dem
Elektronikunterbrecher.

Akribisch wird die Liste der Bedienungen und der
Kontroll Leuchtdioden, mit dem Abgleich abgehakt.
Verbunden sind die Geräte mit kabelloser Überbrückung.
Spezialanzüge, hauteng angelegt, schützen die beiden
vor den eigenen Strahlenfeldern.
Der Leiter von der Sicherheit ist zufrieden.
Der Sonnentag beginnt und die festgesetzte Zeit der
Operation steht an.
Mit dem Magneto rast die Gruppe durch die Tunnel an
die Oberfläche des Ödlands.

Nachdenklich verabschieden sich die Spezialisten mit
Händedruck von Smets und Karius.

Ihr Abenteuer beginnt.
Beide sind ab jetzt auf sich allein gestellt.
Mit dem Elektromobil fahren sie Stunden durch das
Ödland, bis an den Beginn Euraskias und überschreiten,
nach Überprüfung der Koordinaten, in der Nacht die
Abgrenzung.
Nach kurzer Fahrt am Morgen ist der Akku von dem
Mobil leer. Notdürftig überziehen sie es mit dem
sandfarbigen Tarnnetz in der Einöde.
Zu Fuß geht es auf dem unbekannten Terrain voran und
verlassen sich auf den altertümlichen, aber noch
funktionierenden Kompass.
Die Nadelspitze zeigt nach Westen.
Mit den schweren Geräten geht es nur langsam voran.
Am nächsten Tag, nach einer Ruhepause, hören sie das
tiefe Brummen einer großen Drohne, das Geräusch
kommt näher.

Smets flüstert Karius ins Ohr.
„Wahrscheinlich eine Versorgungsdrohne, aber was will
die hier? Sind wir schon in dem Überwachungssektor?
Testen wir den Unterbrecher".
Smets richtet den Sucher des Zielgeräts kniend ein,
Karius startet den Magneten, legt sich auf den Bauch,
zeigt den Daumen hoch.
Die Drohne wird sichtbar im Sucher.
„Es ist eine unbemannte T-Drohne, Karius, holen wir sie
runter?".
„Ja, in Ordnung. Riskieren wir es. Die Reichweite
unserer Magnetfelder zu der Drohne ist erreicht. Auf
drei. Eins, zwei drei".
Smets löst den Strahl vom Magneten aus.
Nichts ist vernehmbar von ihrem Angriff.

Dann aber, nach kurzer Weile, endlos für die zwei, hört
das Brummen schlagartig auf.
Gespannte Ruhe tritt ein, dann leiser Knall.
Die Drohne ist abgestürzt.

Karius klopft ihm auf die Schulter, „es hat funktioniert".
„Sei nicht so sicher. Warten wir ab, gleich fliegen Jagdro
an", flüstert Smets.
Sie verharren in der Deckung.
Er behält Recht, aus der Ferne hört man das Geheul
eines Jagdro. Der umfliegt das Absturzgelände.
„Soll ich noch mal" und schaut Karius fragend an.
Der schüttelt den Kopf.
„Wir wollen keine Aufmerksamkeit erregen".
Mit dem Sucher verfolgen sie gespannt den Flug.
Der Jagdro umkreist mit weitem Bogen den Absturzort
und entfernt sich.

Die Meldung von dem Verlust geschieht sofort von dem
Jagdro an das Rechenzentrum von Euraskia.
Der Absturz wird an die Technik geleitet, auch an den
zuständigen Kontrolleur. Er gibt sie an die Melde
Kommission weiter.
Sue Mee ist dort zufällig anwesend und wird ungehalten.
„Warum wird diese unwichtige Nachricht uns überstellt?
Es gibt hier wichtigere Entscheidungen zu treffen.
Die Daten der T-Drohne sofort löschen, bevor sie in den
Centralrechner einfließen.
Cocho braucht nicht zu wissen was in Euraskia vorgeht,
wenn es zum Verlust einer T- Drohne kommt", verkündet
sie mit Eingenommenheit von sich selbst die Anordnung.
Aus dem Forum vom Meldezentrum wagt keiner einen
Widerspruch gegen sie.

Die Späher warten, bis Karius unruhig wird.
„Smets es ist ruhig, zu ruhig".

„Warten wir noch ab was passiert, horch. Es fliegt was
heran. Schau in den Sucher“.
„Bestimmt untersuchen sie die Abgestürzte, Smets“.
„Jetzt versuchen wir, ob es mir gelingt, die Daten zu
beeinflussen“.
Es gelingt Smets, der ankommenden Transport-Drohne
Landekoordinaten einzugeben, um sie so zur Landung in
ihre Nähe zu leiten.
Smets flüstert, „das scannen der Koordinaten war
damals Bestandteil nach der Instandsetzung und dem
auswechseln der Generatoren.
Das war der Test zur Überprüfung des Betriebes, der
Einsatzbereitschaft und Sicherheit der Drohne.
Sie ist gelandet neben der Absturzstelle. Beeilen wir
uns“.
So schnell wie sie können eilen sie hin.
Smets öffnet behutsam den Zugang, prüft die
Alarmsensoren. Sie lösen keine Warnung aus.
Umsichtig geht er in den Schiffsraum der Drohne voran,
manchmal sind T-Drohnen mit Robdock besetzt.

Smets sucht den Elektronikeinbau, Karius sichert das
Vordringen mit dem Sucher außen ab.
„Endlich, dort ist der Zahlencode für die Eingabe der
Leitwellen Karius.
Der Code ist bei den T- Drohnen und den Saugdrohnen,
gleich. Ich weiß das von dem Einheitsschlüssel aus der
Arbeit. Trotzdem, bleib an der Klappe, der Code kann
geändert sein und wir könnten eine Überraschung
erleben“.
Schweiß läuft ihm über die Stirn, als er den Code eingibt.
Nichts geschieht.
Kein Piepsen, Alarm, kein Aufheulen.
„Schnell Karius, den Magnetumwandler vorne an der
Rumpfspitze festmachen. Ich schalte den Magneten für
den Umwandler ein. Sicher ist sicher“.

Karius kommt angespannt zurück.
„Der sitzt fest am Rumpf".
Smets atmet erleichtert auf.
„Der Überwachungsrechner in der Leit-Drohne hat noch
nicht die Eingaben der falschen Koordinaten der
Drohnen bemerkt. Jedenfalls wurde und wird kein Alarm
ausgelöst. Durch die Weiten des Ödlands, kann es zu
Übertragungsfehler vorkommen. Automatisch stellt sich
dann der Rechner darauf ein. Für das Elektronengehirn
ist das Fluggerät noch unterwegs.
Auf, wir können abheben. Unser Abenteuer kann
beginnen".

Mit der umfunktionierten Drohne dehnen sie die
Reichweite für sie nach Westen rasch aus, dringen tiefer
in Euraskia ein.
Jagdro und Drohnen begegnen ihnen im Flug, kreuzen
oder umfliegen sie. Ohne Kontakt aufzunehmen, oder
gar die Drohne zu attackieren.

Smets ist mit der Steuerung und hantieren der
schwerfälligen T-Drohne beschäftigt.
„Karius achte genau auf den Sucher. Eine der
Leitdrohnen könnten wir bald erreichen, denn die
Reichweite unserer Drohne wird in der Anzeige immer
weniger.
Es muss hier irgendwo eine Leit-Drohne für die Systeme
installiert sein und sie kann bald auf dem Monitor
erscheinen. Wir müssen dann schnell reagieren".
Karius blickt konzentriert in den Bildschirm vom Sucher.
Die Zeit verrinnt.
Karius wird skeptisch.
„Wie willst du die L-Drohne finden und stören, Smets?
Die steht im Land, nicht am Ödland. Lass uns umkehren
und dabei noch Drohnen vernichten".

„Warte ab. Ich sehe noch Chancen. Die Leitdrohnen sind enorm groß und überwachen weit bis über die Grenzen hinaus ihren Sektor.
So überschneiden sie sich in der Überwachung mit L-Drohnen aus den anderen Sektoren.
Dadurch ist eine Vernetzung untereinander gewährleistet und sie steuern alles aus der Ferne.
Die wiederum sind mit den Schaltstellen der Central - Überwachung und direkt an das Machtzentrum integriert.
Hast du eine gestört, sind die anderen auch beeinträchtigt. Das wäre für unsere Aktion das Bravourstück.
Wir sind schon weit über die Grenze von Euraskia.
Seltsam Karius. Noch kein Signal an uns".
„Ich denke, die befürchten keine Unternehmungen aus Atlantis gegen Euraskia. Sie erwarten von dort keine Überraschung. Im Sucher ist jedenfalls nichts zu erkennen Smets. Aber soweit weg kann doch keine mehr sein, denn im Monitor ist viel Verkehr in der Luft zu sehen".
„Schweben wir mit nach Westen Karius, hab Geduld, denn eine muss hier sein und die will ich versuchen zu zerstören. Nein, besser noch, umfunktionieren und falsche Ordnungslinien eingeben.
Das wird ein Chaos in den Leitwellen der Übertragung auslösen".
„Smets, entschuldige. Du spinnst. Die haben uns längst im Visier".
„Warum sollte ich? Ich denke dabei nur an unseren Auftrag.
Nichts ist einfacher, als in der Elektronik ein Relais oder die Verbindung zu unterbrechen.
Ich traue mir die Unterbrechung der Leitwellen zu, um das Rechenzentrum mit dem Magnetumwandler zu stören, aber besser noch, die umzuwandeln.
Wir haben nur einmal die Chance, Karius.

Bedenken muss ich nur die Überbrückungen, Bypässe
die bei Ausfällen eingerichtet sind. Stell dir vor Karius,
die von uns zur L-Drohne abgegebenen falschen
Signale, sausen in den Leitwellen dann durch den Äther.
Weiter zur Überwachung ins Machtzentrum.
Die umfunktionierten Leitkanäle beeinflussen und
verhindern nun die Kommunikation untereinander. Das
wird ein Durcheinander. Es muss unser Ziel sein, wir
wollten das doch, nein wir müssen es versuchen. Bitte
Karius, zum Schutz und Nutzen von Atlantis.
Flüchten können wir immer noch".
„Wenn dann die Flucht noch möglich ist. Was ist mit der
Reichweite?", seufzt Karius.
Der neigt den Kopf hin und her, „nach Euraskia kommen
wir, aber zurück?"
„Wir versuchen es Smets, oder wir gehen unter. Ich bin
einverstanden".

Je tiefer sie in Euraskia einfliegen, je länger der Flug
dauert, fühlen sie eine beginnende Unruhe in sich.
Karius sieht eine Aufregung auf dem Bildschirm.
„Smets, da draußen ist was los. Schau die vielen Jagdro
die auf einmal auftauchen. Irgendwas ist passiert". Er ist
angespannt.
„Die Elektronik zeigt starke Suchstrahlungen an und da,
es flimmert rotes Licht in dem Monitor, eine
verschlüsselte Nachricht an uns".
Smets bleibt gelassen.
„Wir müssen jetzt handeln Karius. Fahr den
Magnetumwandler hoch. Halte dich fest, ich gehe in
Tiefflug und fliege Schleifen".
Smets Nerven sind in atemloser Spannung. Er weiß, die
Leitdrohne ist in unmittelbarer Nähe.
„Der Suchstrahl kann nur von ihr kommen. Sie hat uns
fixiert und im Visier. Ich versuche auszuweichen".

Karius ist übel von den Flugmanövern der schwerfälligen
Drohne, aber er beobachtet den Bildschirm und plötzlich
schiebt sich eine kolossale L-Drohne in den Monitor,
mächtig dringt sie in das Bild.
„Da ist sie, riesig“, ächzt Karius und der riesige Rumpf
der Leitdrohne wird immer größer, „Smets dreh bei“.
Schrecken überlagert seine Stimme.
Smets ist die Ruhe selber, „Karius, Magneten
auslösen!“.
Karius drückt hastig den Auslöser, löst den Strahl. Ein
Ruck erleichtert den Rumpf.
Smets schwingt die Drohne seitlich in die Höhe, um
dann in Tiefflug, knapp über dem Boden, aus der
Reichweite der Strahler von der L-Drohne zu kommen.
Er hat den größtmöglichen Schub der Generatoren
geschaltet.
„Bleib im Tiefflug Smets und dreh nach Osten ab. Wir
fliegen mit voller Energie an ihr vorbei.
Beide sind so konzentriert, dass sie am ganzen Körper
zittern und der Schweiß auf den Stirnen steht . Sie
erwarten den Laserstrahl der Abwehr. Nichts passiert.
„Es ist mir zu ruhig Karius. Schau auf den Monitor. Ich
will wissen was da abgeht“.
„Smets, das rote Licht ist erloschen.
Die hat uns nicht mehr zum Ziel, hoffentlich.
Nichts wie weg. Wir gleiten schon bald auf der
Energiereserve. Achtung Smets, es steuern Jagdro wie
wild durch die Luft“. Smets lacht befreit auf.
„Die sind außer Kontrolle, die Elektronik vom Leitschiff
scheint gestört, es ist geglückt“ und klatscht ihm heftig
auf die Schulter.
„Ich will sehen, wie groß der Schaden ist“.
„Auch das noch Smets. Lass uns abfliegen, unsere
Energie fällt ab. Ich sehe noch Robdock wirr durch das
Gelände fahren. Rammen gegen alles, was im Weg ist.
Sie sind sicherlich außer Kontrolle“.

„Ja, die Jagdro auch".
Karius ist besorgt. „Smets, in anderen Zonen ist
bestimmt bereits Alarm ausgelöst. Sie suchen die
Ursache und dann…?".
Smets schaltet auf den Sparmodus, fliegt langsam eine
weite Schleife, „nochmal zurück, wir bleiben in der Nähe.
Ich will zur Leit-Drohne und sehen ob was passiert ist".
„Und ich will weg. Du wolltest doch nur die Leitwellen
stören".
„Jetzt sind wir aber hier und können mit dem Magnetfeld
zum Angriff gehen und die vernichten. Dann bin ich mir
sicher, das die Verbindungen untereinander
angeschlagen sind. Ganz Euraskia wäre fürs Erste lahm
gelegt".
„Smets, es ist kaum noch Saft in unseren
Energiefeldern. Wir hatten bisher viel Glück", ächzt
Karius, „nichts wie weg".
Er schaut Karius ernst an, überlegt.
„Versprochen, trotzdem sollten wir nochmal die Drohne
anfliegen. Ich denke, wir haben nur die einzige
Möglichkeit Atlantis zu erreichen, wenn sie vernichtet
ist".
Smets beginnt den Anflug.
Karius leitet mit den Koordinaten von der Leit-Drohne zu
deren Standort. Auf dem Bildschirm sehen sie
abgestürzte Jagdro. Steuerlos wirbeln noch einige durch
die Luft.
„Da steht sie".
Unbeweglich, fast unheimlich taucht das mächtige
Fluggerät im Monitor auf.

„Magnetfeldumwandler ist aktiviert Smets, aber die
Energie fällt weiter ab, es reicht nicht".
„Alles aktivieren, los".
Leise zischt der Magnetstrahl aus der Spitze der Lanze,
zur Leit-Drohne.

Stille.
Karius schaut ihn fragend an.
„Warte, wir umkreisen sie im weiten Bogen und hauen
ab nach Osten, versprochen", murmelt er angespannt.
„Smets, die bewegt sich kaum.
Doch, da, schau im Monitor, sie gleitet langsam zu
Boden, Bauteile lösen sich ab, stürzt in sich zusammen.
Alle Beschleuniger aktivieren, bevor sie implodiert".
Mit der letzten Energie fliegt die T-Drohne aus dem
Umfeld der in sich zerschmelzenden Leit-Drohne.
Dann ein Knall und ein Schlag gegen ihren Rumpf.
Teile treffen ihre Maschine, sie kommt ins schlingern.
„Wir sind getroffen".
Smets gelingt es noch, die Drohne einigermaßen zu
stabilisieren.
Schwerfällig, mit nur noch geringer Antriebskraft bleibt
sie weiter auf Kurs, nach Osten.
„Gut reagiert Smets. Hoffentlich hält sie bis ins Ödland
durch und kein Jagdro verfolgt uns".
„Ja, unser Glück ist unfassbar, außerdem haben wir
zeitlichen Vorsprung, bis andere L-Drohnen
übernehmen".
„Ich dachte, du hast deren Leitwellen zerstört".
„Vermutlich, aber ich weiß es nicht in wieweit. Das ist
jetzt uninteressant für uns, wichtig ist noch mit der
restlichen Energie soweit wie möglich aus Euraskia ins
Ödland oder bis Atlantis zu kommen, Karius".

ooo ooo

Bis auf die ehemaligen Teile Spaniens, Italiens, die von
den Gebirgsketten der Alpen und Pyrenäen abgeschirmt
sind, ist Euraskia in der Elektronik der Rechner
unterbrochen.
Die Insellage von England und Irland schützt ebenfalls
vor der Störung.

Trotzdem bleibt das nicht unbemerkt von den Centralrechnern in der Antarktis und in den anderen Panmundo-Imperien.

Cocho meldet sich zuerst bei Sue Mee an.
Im scharfen Ton übermittelt sie die Anfrage, was in Euraskia geschehen ist und verlangt als Antwort eine stichhaltige Erklärung. Auch die sofortige Aufklärung über die Situation in Euraskia.
Denn auch in einigen Teilen Amricas sind Signale beeinflusst, oder nur noch diffus wahrnehmbar.

Die Antwort aus Euraskia erfolgt prompt, aber kühl.
„Das Ödland in Euraskia ist bis zu den Weiten Chijaps unterbrochen. Unsere Techniker und Elektroniker richten Bypässe der Leitwellen zu den Drohnen ein. Die Störung ist bald beseitigt.
Jagdro sind im Einsatz und überwachen das Ödland bis Atlantis“ und eine Spitzfindigkeit für Cocho, „Euraskia ist autark“.
Die Mitarbeiterin Cochos gibt diese Antwort von Sue Mee an sie weiter und blickt sie an. Keiner aus ihrem Stab wagt zu den Ausflüchten Verständnis zu zeigen.

Ngoro von Gondowakia schaltet sich aufgeregt zu Cocho ein.
„Der nördliche Teil meines Imperiums ist plötzlich ohne Nachrichten mehr aus dem Süden.
Der Kontakt ist abgebrochen. Signale von uns zum Süden werden ab einem Zeitpunkt schwächer. Dazu wird aus dem Osten Gondowakia Aufruhr von Stämmen gemeldet.
Wir haben keine Kontrolle mehr zum Süden und Osten durch eure Störung. Woher kommt die zum Teufel, Cocho?“.

„Wie wir wissen, aus Euraskia, Ngoro", antwortet sie
wahrheitsgemäß.
„Ich fordere sofort Maßnahmen von dir Cocho. Du stehst
am nächsten zum eingreifen. Notfalls mit meinem
Einverständnis Euraskia zu übernehmen und den Defekt
dort beseitigen!. Sorge für Ruhe in Euraskia".
„Sue Mee, Ngoro hat sich eingeschaltet, hörst du uns
zu?".
Cocho wartet nur kurz auf Antwort von ihr. Dann handelt
sie.
„Wenn Chijap einverstanden ist, greift in Kürze
Gondowakia, zusammen mit Amrica in Euraskia ein. Sue
Mee, du musst sofort handeln, du hast keine Wahl
mehr".
Sue Mee hat der Konferenzschaltung zugehört und ist
von Ngoro enttäuscht, schweigt.
Cocho fühlt sich nun am Ziel.
Sie will Euraskia jetzt übernehmen und Sue Mee
verdrängen.
Die alte Rivalität zwischen ihnen ist dann vorbei.

Sue Mee fühlt die Bedrängnis, denkt über eine Lösung
nach, als sie noch das Einverständnis von Laot für
Cochos Plan hört.
„Chijap kommt von Osten über Atlantis, Cocho".
Gleich darauf schaltet sich Tanno zu.
Zur Cochos Überraschung teilt der lapidar mit, „da der
nördliche Teil Chijaps mir untersteht, bin ich nicht mit der
Übernahme der Macht von Cocho in Euraskia
einverstanden und Mobilisiere meine Einheiten nur zur
Beobachtung der Lage. Cocho beansprucht Euraskia
und damit die Führungsposition in Panmuno. Sie wird
mir zu tonangebend und besitzergreifend".
Sue Mee wittert Morgenluft, schaltet zu Tanno.
„Deine Unterstützung für Euraskia ist willkommen, danke
Tanno", signalisiert sie von der Insel.

Ein dringender Notruf von Ngoro unterbricht die Gespräche.
Fassungslosigkeit liegt in seiner Stimme.
„Nachricht erhalten vom Osten. Ruhig gestellte Stammesfürsten wiegeln mit Agitatoren die Bevölkerung auf. Mehrere Landstriche im Osten sind bereits auf ihrer Seite, erreichen bald mich im Norden. Sie greifen die bestallten Machthaber in den Exklaven und Sektoren mit Lasern an. Unsere Robdock und Drohnen zur Abwehr sind durch die Störungen der Leitwellen nutzlos.
Cocho, hörst du mich? Chijap soll sofort mit eingreifen.
…keine Signale mehr, unternehmt … Gondowakia … verloren und".....
Die Verbindung wird ständig unterbrochen und bricht dann ganz ab.
„Versucht weiter Gondowakia zu erreichen".
Der Stab um Cocho schüttelt nur den Kopf, der Leiter schaut sie ernst an.
„Gondowakia ist wie tot, auch vom Centralrechner in der Antarktis ist nichts mehr über Panmundo zu erfahren. Überall ist die Übermittlung durch die Störungen unterbrochen. Verbindungen zu den Herrschenden von Gondowakia sind ganz eingestellt. Es scheint, das Panmundo in ernster Gefahr ist durch das Desaster in der Elektronik",
Cocho überlegt.
„Wie und durch was konnte das Geschehen? Gebt mir Laot aus Chijap, wir müssen für Ordnung sorgen".
Die Stimme von Laot klingt nicht ruhig. Seine, sonst sanfte Stimme ist erregt.
„Tanno unterstützt Sue Mee.
Er ist, trotz meiner Missbilligung und ohne Einverständnis, in die Weiten zu Atlantis aufgebrochen. Was sollen wir tun?".
Die Einschätzung von Cocho geschieht rasch.

„Laot, wir nehmen jetzt Euraskia und den Norden von
Chijap in die Zange.
Meine Leitdrohnen überqueren bereits den Atlantik, mit
genug Energieversorgung. Einige dich mit Tanno.
Unfrieden zwischen euch ist jetzt kontraproduktiv, Laot.
Später kümmern wir uns um Gondowakia".
„Tanno soll ich zur Einsicht bringen, ob das gelingt?
Was ist eigentlich geschehen, Cocho? Wir sind ohne
Verbindung zu Ngoro".
„Schaff zuerst Ordnung in deinem Land mit Tanno, sonst
ist es zu spät, übernehme meinen Plan. Sue Mee spielt
keine Rolle mehr".
Ihr scharfer Ton soll die neuen Machtverhältnisse
unterstreichen.
Die alten Auseinandersetzungen um die Macht mit Sue
Mee sind für sie ausgestanden.

Ein Chaos ist durch die unterschiedlichen
Einschätzungen der Situation entstanden.
Das Durcheinander an Meldungen nimmt groteske
Formen an.
Was ist falsch an ihnen, was richtig?

Machtgeilheit über andere Imperien ist in den
verschiedenen Lagern in Panmundos Universus
ausgebrochen.
Deshalb wird jede Einflussnahme von innen und außen,
genau und argwöhnisch überwacht.
Zwist zeichnet sich vor allem in Chijap zwischen Laot
und Tanno ab.
In Gondowakia kämpfen bereits verschiedene
Fraktionen gegeneinander um die Macht.

ooo ooo o

„Achtung Smets, im Schirm sehe ich Jagdro von vorn.
Auf ein Uhr rasen sie aus Osten uns entgegen, nicht aus
Westen. Gegen die Reichweite ihrer Laserlanzen haben
wir keine Chance.
Aber schau!. Unglaublich, sie drehen plötzlich ab“.
„Die können noch nicht näher heran Karius, die kommen
bestimmt von Chijap.
Die L-Drohne dahinter ist noch zu weit entfernt für ihre
Energieversorgung. Ihr Aktionsradius ist eingeschränkt,
noch.
In ihrer Centrale ist das offenkundig geworden. Die
Sicherheit vermutet, dass ein Angriff auf eine L-Drohne
erfolgt ist. Wie war das möglich und von wem und mit
was?. Sie rätseln noch, aber bald stellt sich die Frage für
uns, in welcher Zeit die L-Drohne aus Chijap sich nähern
kann. Die Jagdro können uns dann gnadenlos mit den
Laserlanzen abstrahlen.
Karius noch herrscht das Chaos in den Leitwellen“.
Er warnt aufgeregt.
„Alles ist egal Smets, unser Antrieb reißt ab, du musst
notlanden im Ödland, sofort. Halt dich fest“.
Er handelt sofort und setzt die Drohne hart in den
unwirtlichen Boden auf.
Kaum ruht die Drohne im aufgewirbelten Staub, hustet
Smets, „schnell raus, lass alles liegen, nur fort aus der
Maschine“.
Karius drängt, „wohin? . Smets“.
„Nur raus, da vorne sind kleine Felsen“ und sie hetzen
hin.
Heftig schnaufend krümmen sie sich hinter dem größten
Fels in Deckung. Es bleibt eine Zeitlang ruhig.
„Alles still Smets. Du und dein Bauchgefühl für den
Antrieb. Ohne die Drohne haben wir einen weiten Weg
vor uns in diesem Niemandsland“.

„Deine Sorge möchte ich haben, wahrscheinlich sind wir
schon geortet. Nichts wie fort von der Drohne, rennen
wir los".
Karius hält ihn am Ärmel fest.
„Langsam, ich hör was. Das Jaulen von Jagdro, sie
haben die Reichweite und kommen. Es ist zu spät".
Mehrere Jagdro jagen mit infernalischem Geheul heran.
Sofort beschießen sie mit Laserlanzen die T-Drohne.
Das Metall wird regelrecht zersägt.
Blitze schlagen aus dem Rumpf, begleitet von kleinen
Explosionen.
Dann drehen sie im Kreis ab, fliegen eine Schleife, um
erneut im Sturzflug das Wrack anzufliegen.
Die Laserstrahlen pflügen jetzt tiefe, lange Gräben in das
Ödland. Seitlich weg vom Wrack.
Bei den nächsten Anflügen nähern sich die Furchen dem
Fels der beiden.

Die Leit-Drohne aus Chijap hat noch Signale aus der
Umgebung des Wracks empfangen und vermutet dort
die Ursache im Absturz und der Störung in der
Elektronik.
Tanno hat Befehl gegeben, im weiten Umkreis das
Ödland zu durchsuchen. Drohnen, Fahrzeuge und
fremde Materie sofort zu eliminieren, egal woher und von
wem die Signale stammen.

Sie husten. Der aufgewirbelte Staub von dem Beschuss
belastet die Bronchien.
„Unsere Position wird bestimmt angezeigt. Wir sind
verloren".
Die nächsten Laser treffen uns", prustet Smets durch
den Staub und den aufheulenden Sirenen.
Ein Jagdro löst sich aus dem Schwarm und schmettert
im vollen Tempo in den Boden vom Ödland. Zerfällt
zusehends.

Ein weiterer stürzt in die zerstörte Drohne, explodiert.
Verwundert schauen sie sich an.
„Was ist los, die drehen ab. Sie formieren sich neu".
Smets schaut aus der Deckung.
„Nein Karius, auch die restliche Flotte kehrt um".
Das Geheul verstummt langsam in der Weite.
„Atlantis hat sicherlich mit Magnetwaffen angegriffen. Sie
haben uns gesucht, wir sind gerettet", lacht Smets.

Vorsichtig kriechen beide aus der Deckung, schauen
sich um. Klopfen den Staub und Dreck ab. Alles ist ruhig,
nur der Geruch von der Zerstörung von Stahl liegt über
dem Land.
„Smets, warten wir ab, was geschieht. Die Gefahr
scheint mir noch nicht vorüber".
Die Zeit verrinnt, der Durst quält sie.
„Schau Smets". Karius deutet nach Osten.
„Dort ist eine Staubwolke sie kommt näher.
Hoffentlich keine Robdock, waffenlos haben wir keine
Chance gegen die".
„Karius, es ist ein Fahrzeug, es bleibt stehen". Licht
blinkt kurz auf und fährt wieder an, direkt zu ihnen.
Eine Hand winkt aus dem Fahrzeug. Dann ein Ruf, „sie
sind es".
Beide springen auf und rennen dem Mobil entgegen.

Zofia-Maria und Milan klettern heraus, stürmen auf sie
zu, umarmen beide.
Sie ist offenbar sichtlich erleichtert, reicht ihnen eine
Trinkflasche.
„Trinkt erst einmal und macht das Gesicht sauber, ihr
seid kaum zu erkennen durch den Staub".
„Euch beide zu sehen, unfassbar, aber wir glaubten fest
daran", Milan ergreift freudestrahlend ihre Hände.
„Die Intervention in die Elektronik der L-Drohne ist euch
gelungen.

Dem Rat wurde von der Sicherheit gemeldet, dass in Euraskia durch die Störungen von Leitwellen, ein Wirrwarr entstanden ist und sie meldeten aber zur gleichen Zeit, das Jagdro und eine L-Drohne aus Chijap auf Atlantis zu steuern. Deshalb hatten wir Sorge um euch.
Die Transport-Drohne aus Euraskia haben wir geortet und gehofft, ihr seid drin.
Der Rat hat sofort durch die Sicherheitsbeauftragten die Magnetstrahler aktivieren lassen.
Als wir die Aktion aus Chilap abwehrten, ist gleichzeitig die T-Drohne von Euraskia vom Schirm verschwunden. Das war uns ein Rätsel, warum? Eine Einschätzung unmöglich".
Karius wischt sich den Staub aus dem Gesicht, trinkt einen großen Schluck. „Endlich".
Smets schaut zu Milan.
„Mir ist es gelungen mit dem Code eine unbesetzte T-Drohne zu kapern. Damit haben wir dann in Euraskia eine L-Drohne gesucht. Bald erreichte uns eine Ortung auf dem Monitor und gleichzeitig leuchtete eine rotes Warnlicht. Eine L-Drohne hatte uns im Visier und wollte unseren Code erfragen.
Im selben Augenblick erschien die Drohne im Bild, enorm groß und bedrohlich. Wir mussten schnell handeln. Karius hatte bereits die Magnetstrahler hochgefahren, die trafen genau.
Es dauerte, bis die Drohne zeigte, dass sie getroffen wurde. Sie erbebte und knallte auf die Erde, fiel in sich zusammen und zerschmolz.
Wir hatten viel Glück gehabt, aber die Detonation beschädigte unsere T-Drohne und wir mussten bald notlanden. Dort an den Felsen gingen wir in Deckung. Das Signale von uns nach Euraskia weitergeleitet wurden war uns klar. Gerade so konnten wir aus dem Wrack flüchten, bevor Jagdro anflogen und sofort die

Drohne regelrecht mit den Lasern zersägten. Dann
begannen die auch das Umfeld abzustrahlen. Bald hätte
es uns erwischt, wenn Atlantis nicht eingegriffen hätte".

Milan hat still zugehört, dann erfolgt seine sachliche
Information.
„Eure Operation ist ein voller Erfolg für Atlantis. Das
beweisen abgehörte Hilferufe von Euraskia nach Chijap.
Gondowakia scheint am meisten betroffen zu sein.
Der Rat hat erkannt, dass Panmundo in Aufruhr geraten
ist und die nun uneins untereinander sind. Das ist
vielsagend.
Steigt ein, uns bringt das alten Vehikel nach Atlantis.
Der Rat wartet angespannt auf euren Bericht".

Wrackteile der Jagdro säumen ihren Weg nach Atlantis.
Spät am Abend endet das Abenteuer am fast ebenen
Erdeingang, dort steht ein Magneto bereit.

Alle Räte erheben sich, als beide, mit Zofia-Maria und
Milan eintreten.
Egmond geht auf sie zu und nimmt sie in die Arme.
Die anderen Mitglieder erstaunen über die
ungewöhnliche Geste.
Der sonst ruhige Egmond gibt seine Zurückhaltung auf.
„Dank eurer raschen Intervention lebt Atlantis jetzt in
Frieden. Panmundo wird sich selbst zerstören.
Der Machtverlust in den Imperien und die Gier der
Beherrscher untereinander, sind zum Verderb verurteilt".

Wie Recht er hatte, stellt sich in den nächsten
Sonnentagen ein.

In Chijap ist zwischen Tanno und Laot heftiger Streit
aufgeflammt.

Gondowakia bleibt ohne Unterstützung, da Cocho an
dem Geschehen in Euraskia mehr interessiert und damit
gebunden ist.
Das Electronicportal mit dem Centralrechner in der
Antarktis, sendet laufende Notrufe zwischen den
Imperien hin und her.
Jeder ruft jeden an um Unterstützung.

Gondowakia ist durch den Umsturz der Stammesfürsten
in Auflösung begriffen.
Amrica hat Leit-Drohnen nicht nach Norden sondern
über dem Atlantik in den Westen Euraskias gelenkt.
Von dort attackieren Cochos Jagdro die Insel England.
Sie will Euraskia von Sue Mee annektieren.
Bis auf Gondowakia, ist in der Zwischenzeit in anderen
Imperien, durch die gleichwertigen Laserwaffen, eine
Pattsituation entstanden.
Ein Verderb der Befehlsgewalt der Machthaber, durch
die Widerstände der menschlichen Einheiten und
Verstoßenen, überzieht das Panmundo-Universus.
In Atlantis ist Hochstimmung durch die Abwehr Chijaps
und Euraskias.
Doch düstere Wolken ziehen ebenfalls über Atlantis auf.

Wie aus heiterem Himmel kehrt im Rat Uneinigkeit ein.
Ein Anspruch zum ausweiten der Macht über die
Grenzen Atlantis hinaus, kommt unerwartet.
Eine Forderung aus dem Kreis um Esteban und Boris.
Altvordere hatten sich zusammen gefunden, verlangen
nun vom Rat, Euraskia zu erobern und in die anderen
Imperien vorzudringen.
Die Mitglieder sind von dem Begehr überrascht, sehen
sie doch jetzt keinen Grund mehr, die Imperien zu
erobern.
Egmond kann nicht glauben wollen von dem Verlangen
Estebans, sodass der Rat zur dringlichen Besprechung

einberufen wird.
Egmond ahnt ärgerliches und lädt auch Smets und
Karius zur Teilnahme an der Versammlung ein.
Ein Papier liegt bereits auf der ovalen Tafel, als der Rat
eintritt.
Boris und Esteban sind bereits anwesend und Esteban
bleibt gleich stehen und spricht mit strenger Stimme,
ohne die Mitglieder anzuschauen.
„Wir fordern von dem Rat, dass nach dem Sieg über
Euraskia und Chijap, ein weit reichender Angriff in das
Panmundo-Universus durch Atlantis, erfolgen soll",
Esteban bleibt noch stehen und will seine Pläne und
seiner Mitstreiter erläutern.
Egmond steht gegen die Gepflogenheit auf.
„Esteban, was hast du vor? Wie trittst du auf!
Wir haben noch keine Gelegenheit gehabt, den Blick in
das Papier auf der Tafel zu werfen. Von wem stammt
das?".
Estaban bleibt einfordernd stehen, setzt sich nicht und
schaut ungeduldig über die Tafel zu Boris.

„Nachdem Panmundo zerstritten und innere Unruhen
sich dort ausweiten, wollen wir die Imperien befrieden.
Die Zeit im Untergrund ist für uns vorbei.
Das Leben von Atlantis wird auf dem Erdboden sein und
die Herrschenden bändigen und sie uns untertan
machen.
Das ist das erklärte Ziel von mir und meiner
Gefolgschaft".
Egmond wird blass, schaut rundum in die betroffenen
Gesichter an der Tafel.
„Das ist also was ihr wollt. Andere niederwerfen,
beherrschen. Es ist gegen unsere Ethik.
Wir waren uns immer einig, in Atlantis nicht Zustände,
wie bei den Herrschenden, zu zulassen.
Keine Gier nach Macht und jetzt, Esteban?

Soll es wieder so wie in dem Altreich werden?".
Egmond blickt ihm in die Augen, erkennt die
Sinnlosigkeit seiner Argumente.
„Ich habe geahnt, dass dein Wesen sich am verändern
ist.
Du solltest wissen, dass alte Reiche in der Geschichte
stets unter gegangen sind. Wir leben hier gut. Haben
alles was wir zum Leben brauchen, warum dieser
Anspruch also von euch?
Lass uns andere Stimmen aus dem Rat zu dem
Aufbegehren hören" und setzt sich.
Zögerlich auch Esteban.

Zofia-Maria erhebt sich.
„Als Verwalterin von Atlantis sehe ich mit Besorgnis das
Streben von dir Esteban, nach Okkupation, Ausweitung
in die Imperien.
Gut, wir sollten eine erweiterte Schutzzone einrichten mit
der Möglichkeit, Panmundo zu beobachten.
Das ist meine Meinung" und schaut beunruhigt zu
Karius.
Sie setzt sich und sofort steht Charlene auf.
Sie ist schneller als Boris.
„Was machen wir mit den verchipten Menschenwesen?
Von Euraskia strömen die bestimmt nach Atlantis.
Sehen sie doch das einzigartige Leben hier. Sie werden
uns überrollen? Wie sie im Gesundheitsbereich
versorgen?
Was, Esteban, bleibt uns anderes übrig, diese
Menschenwesen zu eliminieren".
Mia an der Tafel seufzt, mit Tränen in den Augen.
„Ja Mia, es ist inhuman, aber wir sind nicht in der Lage,
die Ernährungs-Automaten der Menschenwesen zu
ersetzen. Die Grundlage fehlt uns. Wie sollen wir das
durchführen?

Etwa gleich wie die Machthabenden durch die
Entsorgung? Wer weiß, was in den Nährmitteln alles
noch enthalten war.
Ich bin der gleichen Meinung wie Mia und Zofia-Maria.
Was sagst du dazu Boris?" und blickt zu ihm.

Boris stellt sich auf.
„Aha Frauenpower", wirft Boris abfällig ein.
„Diese Situation wird sich einstellen Charlene.
Ich halte Estebans Ausführungen für richtig und wichtig.
Ich schließe mich ihm an. Von der Organisation her ist
der Plan von Esteban gut möglich, wenn wir die
humanen Aspekte beiseite lassen.
Bald sind Wahlen in Atlantis und auch, von nun an, in
unserem von uns geführten Altreich. Ihr habt es nun
vernommen, Atlantis wird geteilt.
Unsere Wähler sind der Meinung, dass der jetzige Rat
zu alt ist, zum Schritt in die Zukunft".
Egmond schaut zu Milan und erhebt sich.
„Boris, die humanen Aspekte beiseite lassen. Das ist
gegen unsere Ethik, fertig" und setzt sich mit ernster
Miene.
Milan erhebt sich.
„Sprecht ihr schon von Teilung, in ein Altreich und
Atlantis? Was hat das zu bedeuten Esteban?
Ein Schritt in die Zukunft? Ich bezweifele das.
Du rufst eine ernste Krise in Atlantis auf".
Milan sieht in die Runde. Noch setzt er sich nicht.
Mit zwei weiteren, knappen Sätzen unterbreitet er das
aufkommende Dilemma und unterstreicht damit die
Befürchtung vom Rat, zu Estebans Plänen.
Milan bleibt stehen und lässt keine Unterbrechung zu,
ungerührt führt er seine Ausführungen fort.
„Nun die Wahlen zeigen bald, ob der Plan von Esteban
und Boris aufgeht. Wenn der Rat abgewählt wird, stehe
ich dem neuen Rat nicht mehr zur Verfügung.

Vorher werde ich alles tun, um Atlantis in der Gesamtheit
zu erhalten" und schaut entschlossen in Estebans
Augen, dann hinüber zu Smets und Karius.
„Wir sollten unseren Helfern, Smets und Karius, auch an
der Debatte teilnehmen lassen und deren Meinung dazu
vernehmen".
Beifälliges Nicken in der Runde.
Esteban hofft auf Unterstützung seiner Forderung,
haben beide doch die Verhältnisse in Euraskia erlebt.

Smets nähert sich dem Tisch.
„Für die Ehre hier zu sprechen, möchte ich mich
bedanken. Ich bin der gleichen Meinung wie die
Vorredner und stimme ihnen zu" und geht zurück.
Esteban ist enttäuscht.
Karius ist an der Reihe.
„Wir wurden gebeugt und eingebunden in das Leben für
die Herrschenden in Euraskia.
Visuell durch unser Leben dort.
Virtuell die Darstellung der Bedrohung für uns
Menschen.
Erst die Sicherheitsbeauftragten von Atlantis befreiten
uns aus diesem Dasein und der prekären Lage. Deshalb
bin ich der Sicherheit hier dankbar.
Ich denke, Esteban, ihr dürft bei einem Einfall in die
Imperien die Arrivierten nicht unterschätzen.
Das zukünftige Leben in Atlantis, abgesichert und
erweitert zu Euraskia, kann durchaus so wunderbar
verbleiben.
Aber ich sehe aus dem Innern von Atlantis eine Gefahr
auf das Einvernehmen der Bürger, zukommen", holt tief
Luft, „durch gestreuten Unfrieden unter den
Mitbewohnern", und schaut mit bedenklicher Miene zu
Esteban und Boris.
„Ich habe den gleichen Standpunkt wie Smets".

Estebans Miene verrät Zorn, die Stirnader ist
angeschwollen, mustert nochmal die Anwesenden und
verlässt ohne Gruß den Raum.

Egmond beschließt die Tagung mit den Worten, „die
Wahl wird den Weg von Atlantis weisen".

In den Wochen vor der Wahl treten Anhänger von
Esteban, agitierend in den verschiedenen Bezirken auf.
Bezeichnen bereits diese Bezirke als Altreich.
Die Atlantianer sind verunsichert.
Boris und Esteban halten sich im Hintergrund.
Misstrauen wird von den Aufwieglern Estabans geschickt
geweckt.
Die Verständnislosigkeit untereinander polarisiert die
Bevölkerung schließlich in zwei Blöcke.

Karius Befürchtung zu einem Zerwürfnis in der
Bürgerschaft, tritt ein.
Da erkrankt Milan plötzlich.
Charlene und die Heiler suchen nach einer Ursache,
warum so akut?. Seine Gesundheitswert waren immer
stabil. Ihnen ist das rätselhaft und sie benachrichtigen
umgehend Egmond und den Rat.
„Egmond, wir wissen nicht, was mit Milan geschehen ist.
Keine der Behandlungsweisen spricht an. Er ist auf der
Rückfahrt von einer Zusammenkunft im Magneto
zusammen gesunken.
Eine Diagnose können wir noch nicht abgeben. Sein
Zustand ist kritisch".

Am nächsten Sonnentag überbringt Charlene Egmond
die traurige Nachricht, dass Milan gestorben ist.
Die sofort von Egmond angeordnete Obduktion ergibt,
dass ein den Heilern noch nicht bekannter Stoff sein Blut
eingedickt hatte und er dadurch an Embolien starb.

Im sofort einberufenen Rat, wirft Esteban Charlene die umgehende Obduktion von Milan vor. Sie hätte erst den Rat fragen müssen.
Außerdem verlangt er die sofortige Eintrocknung von Milan.
Charlene schaut Esteban gelassen an.
„Du bist nicht zu erreichen gewesen, möglicherweise warst in deinem neuen Altreich unterwegs", bemerkt sie spitz.
„Die Mehrzahl der Räte waren mit Egmonds Anweisung zur Obduktion einverstanden. Gerade wegen der nicht geklärten Umstände.
Außerdem habe ich Gewebeproben entnommen. Der Tod Milans war mir Suspekt, er war gesund.
Im Labor wird zurzeit der Stoff analysiert, der zur plötzlichen Verhärtung Milans Blutflusses führte".

Mit wegwerfender Handbewegung zum Rat und „wir haben nichts damit zu tun", verlässt Esteban aufgebracht den Rat.
Egmond reicht Charlene dankbar die Hand.

Im Wohnraum legt Karius die Hand auf Smets Schulter.
„Das Misstrauen ist da. Ein Widersacher von Esteban ist weg. Er will nun an die Macht. Boris ist die graue Eminenz und hat überall die Finger im Spiel, diesen Weg geebnet. Wie können sich Menschen so verändern?".
„Machtgehabe ist menschlich, wie der Neid.
Es wird so wie in Euraskia. Einen Einfluss haben wir nicht, Karius. Wir wissen nicht ob und wieweit Esteban schon Kontrolle über Atlantis hat".
„Und der Rat, Egmond?. Die verstehen das noch nicht, glauben noch an das Gute im Menschen, obwohl sich Argwohn in ihren Geist gelegt hat", zweifelt Smets an.

Das Wahlergebnis spricht Egmond und dem Rat mit
Mehrheit das erneute Vertrauen aus.
Auch die Wahl zum Ersatz für Milan, gewinnt unter den
vorgeschlagenen Kandidaten eine Frau aus Egmonds
Kreis, Gala.
Der Rat kommt noch einmal in alter Besetzung
zusammen.
Esteban erhebt sich sofort, er ist in gereizter Stimmung.
Auch Boris zeigt eine böse Miene.
„Die knappe Wahlniederlage akzeptiere ich nicht.
Mit Hilfe von Korruption und Lügen über Milans Tod, ist
von dir Egmond eine Kampagne gegen uns
ausgegangen.
Ihr habt das Volk gegen uns aufgehetzt. Wir werden uns
in den Nordteil von Atlantis separieren und es als
Altreich ausrufen.Von dort aus werden wir zur Neuwahl
unser Recht durchsetzen".
Er bleibt stehen, mit grimmigem Blick in die Tafel zum
Rat.
Gala steht auf, steht vor Esteban, Auge in Auge.
Solche Courage hat keiner von ihr, als neues Mitglied im
Rat, erwartet.
„Esteban, wenn ich dich richtig verstanden habe, willst
du neue Wahlen. Nirgendwo ist das niedergelegt, dass
es das gibt. Willst also Atlantis aufteilen und ein eigenes
Machtgefüge so errichten.
Als Organisatorin kann ich das nicht zulassen. Dessen
kannst du sicher sein. Für gesamt Atlantis müssen wir
einen Weg finden, um eine Einigkeit wieder
herzustellen".
Esteban ist verblüfft von der Entschlossenheit Galas.
Nicht nur er, auch der Rat.
Der sonst so kühle und distanzierte Esteban verliert nun
die Kontenance. Wütend springt er auf.
„Wir sind **Überzeugungstäter** und geben nicht auf. Es
bleibt bei der Teilung, bis wir alle im Altreich sind".

Unter Zorn verlässt Esteban, wieder ohne den üblichen
Gruß, die Versammlung, mit Boris im Schlepptau. Es ist
sein letztes Auftreten.
Egmond ist desillusioniert, maßlos enttäuscht von ihm.
„Das bedeutet, es ist ein noch nie da gewesener
Unfrieden in Atlantis entstanden.
Der Sieg über die Herrschenden von Panmundo hat
Machtgelüste geweckt.
Die gewonnene Wahl ist ein Pyrrhussieg für den Rat".
Zofia-Marie will ihn trösten, aufmuntern.
„Nein, lass uns beraten Egmond. Das Volk hat den Rat
gewählt. Einen Ausweg aus dem Konflikt lasst uns
finden".

In der Nacht bedenken alle die Folgen und suchen eine
Lösung. Keiner findet Schlaf.

Esteban und Boris machen ihre Warnung wahr.
Der Norden von Atlantis wird abgetrennt durch eine
willkürlich geschaffene Grenze.
Die Magnetobahnen sind jetzt unterbrochen.
Vorher wurden über Nacht von seinen Mitstreitern Teile
von Pflanzen und den Keimlingen, heimlich ausgegraben
und mitgenommen.
Die Grenze ist etabliert.
Eine Kampfbereitschaft des Nordens, zur Übernahme
der Regierungsgewalt über den neuen Rat, steht bevor.
Atlantis ist durch die Vollendung der Trennung
auseinander gebrochen.

In der erneuten Tagung des Rates zu dem Problem, wie
man sich verhalten soll gegenüber den Abtrünnigen und
der Abwehr bei einem Angriff.
Bis der in den Raum hastende Fachleiter von Gala die
Diskussion unterbricht .

Sichtlich beunruhigt, bittet der Eindringling um
Entschuldigung für seinen unangemeldeten Auftritt.
„Hoher Rat", er ringt nach Luft, „eine unaufschiebbare,
dringliche Nachricht aus dem Überwachungscentrum für
Gala".
Egmond zeigt sein Einverständnis, es muss wichtig sein.
„Jupiter, erstatte mir Bericht", kommt es kurz und knapp
von Gala.
Jupiter steht blass vor der Tafel, sucht nach Worten.
„Die Orbit Überwachung zeigt soeben bestürzende
Veränderung an. Die Gravitationswellen verändern sich
abrupt.
Eine unmerkliche Abweichung des Mondes in der
Synchronisation zur Erde beginnt.
Der Mond verlässt zögerlich das Gravitationsfeld zur
Erde". Seine Stimme zittert.
„Prognostisch driftet unser Planet ohne den Mond ab in
das Universum. Kollidiert mit anderen Sternen, oder wird
in anderen Sonnen in einer Supernova zerschmelzen.
Die Ekliptik der Umkreisung und die Sichtachsen
wandeln sich zusehends um. Wir können nicht mehr
handeln".
Verzweifelt, kreidebleich sieht er in die geschockten
Gesichter des Rates. Sie ahnen, was das für Atlantis
bedeutet.
Gala fasst sich als Erste.
„Die Beobachtungen sind gesichert?", und überblickt den
Mobilnachrichter von Jupiter.
Gala reicht Egmond das Gerät.
Mit Bestürzung überliest er die Mitteilung.
„Die Meldung ist klar und plausibel, lest selber" und
reicht sie dem Rat weiter.

Gala ist beunruhigt, ungehalten.
„Durch den Zwist mit Esteban, haben wir die
Überwachung verschludert".

„So kannst du das nicht sehen, Gala", widerspricht Zofia-
Maria.
„Du weißt am Besten, wir können das Universum nicht
beeinflussen. Das Unendliche, das Geheimnisvolle der
Natur, erschließt sich uns nie.

**Die Welt von Einst hatte damals versucht, das Klima
und damit die Welt zu retten.
Anstatt es vor der Überbevölkerung und
Verschmutzung zu bewahren. Eine Anmaßung von
ihnen die Schöpfung zu beherrschen, oder zu
beeinflussen.**
Es kann nicht sein, was nicht sein darf, Gala?
Ich sehe, unsere Welt geht unter, mit ihr viele schöne
Dinge.
Die Kunst, die Pflanzen, aber auch der Streit, Missgunst
und Neid haben dann ein Ende".

Mia atmet tief durch, „du hast recht, Vorboten
kommenden Unheils hat sich auf die Welt vorher schon
gelegt".
Schwermut liegt in dem fragenden Blick von Egmond zu
Gala. Seine Stimme ist belegt.
„Gehen wir gemeinsam in den Überwachungsraum und
schauen noch einmal auf die Messdaten und in den
Kosmos".
Jupiter führt alle in den abgeschirmten Bereich.
Dort blicken vier weitere Beobachter erstarrt auf die
Monitore zu den ablaufenden Kurven und Koordinaten.
Gala stellt sich hinter eine Mitarbeiterin.
„Die Nachricht kam unerwartet, stimmt sie Venus?".
Sie dreht sich um, zeigt auf die sich immer wieder
erneuernden, einblendenden Koordinaten.
„Mars hat mir das bestätigt, es ist so.
Das Erdmagnetfeld, unser Schutzschirm im All,
schwächt sich zusehends ab".

„Wie lange noch, Jupiter?", stellt Egmond die Frage.
„Das wissen wir nicht, wie schnell der Mond das
Gravitationsfeld zur Erde verlässt.
Nur es ist sicher, dass wir ohne den Mond in den
Kosmos abgleiten, in die Unendlichkeit des Alls.
Der Untergang beginnt bei den Ozeanen die keinen
Gezeiten mehr unterliegen.
Das Land wird überfluten.
Vulkane explodieren durch die Kontinental Verschiebung
der Platten.
Die Erde wird ihre Ekliptik verlassen und in die
Milchstraße eintauchen oder in der Sonne verglühen".

Sachlich und unterkühlt seine Einschätzung des
Untergangs, als wäre er nicht betroffen.
Die Sprache des Wissenschaftlers, jetzt ohne sichtbare
Emotion.
Zofia-Marie ist bestürzt.
„Als Verwalter von Atlantis erwarte ich nach der
Bekanntgabe, dass Panik ausbricht".
„Die Befürchtung habe ich auch", Karius ist der gleichen
Auffassung. „Was schlagt ihr vor zu Tun?".
Egmond blickt zu den Frauen.

„Gala, Mia?".
„Alle 10789 Bewohner werden von dem Rat
aufgefordert, ein Fest auf dem Freizeitgelände zu feiern.
Den Grund geben wir erst spät an", schlägt Mia vor.
„Dann wird dennoch nach der Meldung Panik
ausbrechen", gibt Gala zu bedenken.
Egmond schaut in die Versammlung:
„Beide habt ihr recht. Geben wir die Wahl als Grund an.
Ich denke wir sollten, mit eurem Einverständnis, alle
Ausgänge von der Sicherheit schließen lassen, aber erst
wenn unsere Atlantianer auf dem Freizeitgelände sind.
Keiner kann unser kleines Paradies dann mehr

verlassen, aber auch aus dem Altreich keiner mehr
eindringen.
Wir verschweißen die Durchgänge und begründen es mit
dem Hinweis, dass die Altvorderen angreifen werden.
Alkohol und alle limitierte edle Speisen geben wir frei.
Meiner Einschätzung nach, hat Boris nicht die
energetische Leistungskraft in den Magnetstrahlern, um
die Verschweißung zu lösen. Damit sind wir isoliert, aber
auch Handlungsfrei".
Charlene bittet um Rede.
„Egmont, ich bin mit deinem Vorschlag einverstanden
und sicherlich alle hier", blickt in die Zustimmung
zeigende Runde.
„Nur eine Bitte, Zugänge ins Sanatorium zuerst
verschließen. Erst dann die Anwesenden von der
anbahnenden Katastrophe unterrichten".
„Keiner braucht mehr um Wortmeldung anzufragen.
Jeder Vorschlag ist nun wichtig".
Egmont ist erschöpft.
„Wir zeigen das Ereignis Life aus dem All. Am großen
Bildschirm vom Hauptgebäude, aber erst nach dem
Alkohol und dem Essen, recht spät", bittet Gala.
„So können sie ihre Aussichtslosigkeit im Trance schwer
einschätzen".
Charlene schlägt noch dazu folgendes vor.
„Mia, dein Hinweis ist richtig. Den Grund zu diesem Fest
begründet der Rat mit dem Hinweis, nach der Wahl zu
einer Neuordnung des Staates.
Mit Galas Gedanken zur Bekanntgabe bin ich
einverstanden.",
„Sind alle mit den Festlegungen einverstanden?", fragt
Egmond gedämpft nach.
Deprimiert bejaht jeder die Frage.

Mia, geht zu Smets, nimmt seine Hand und lächelt
zaghaft.

„Es ist hoffnungslos. Gehen wir zusammen, Smets?".
Er umarmt sie.
„Bereiten wir uns gemeinsam auf den Untergang vor".
Schweren Herzens verlassen sie bedrückt den
Kontrollraum.

Nach dem Aufruf versammeln sich die Atlantianer zu
dem Fest im Freizeitgelände. Der Bericht über eine
Abwehr von Euraskia Angriff, versetzt die Anwesenden
in eine Feiertagsstimmung. Noch fragt keiner über die
Vorgänge in Atlantis und die Unterbrechung der
Magneto.
Sie sind ahnungslos über die hereinbrechende
Katastrophe. Auch der Zwist mit dem Altreich wird sich
bestimmt lösen und sind guter Dinge.
Alle genießen die rationalisierten, hochwertigen Speisen
und Alkohol wird mehr ausgeschenkt als üblich.
Viel später leuchtet der große Bildschirm an dem
Hauptgebäude auf und zeigt den Weltraum.
Dann die Erde, anschließend den Mittelpunkt der Erde.
Das Bild wandernd zum Mond.
Manche sind verwundert über das Zeigen vom Mond
und von dem feinen vibrieren des Bodens.
Egmond wird eingeblendet.
„Hier seht ihr unseren guten, alten Begleiter", klingt seine
sonore Stimme von dem Monitor.
Die Menge ist erstaunt, sie kennen doch den
Himmelskörper.
Er schweigt bewegt einen Augenblick.
So kennen sie Egmond nicht.

„Atlantianer, die Erde ist in großer Gefahr und damit für
die gesamte Menschheit. Der Mond verlässt seine
Umlaufbahn. Er war stets ein zuverlässiger Freund, aber
nun"….
Er unterbricht sich mit schwerer Zunge.

„Nun sind wir dem Untergang geweiht".

Die Stimmung unter den Anwesenden verändert
schlagartig.
Fassungslosigkeit spiegelt sich in den Gesichtern
wieder. Vorbei ist die Festtagsstimmung.
Rufe werden laut.
Alle starren entsetzt auf den Bildschirm, zu den
unerbittlichen, nun eingeblendeten ablaufenden
Koordinaten.
Sie können, oder wollen es nicht glauben. Einige gehen
auf die Knie, schauen flehentlich in den Himmel.
Andere schreien und reißen sich die Kleider auf.
Demütig die Hoffnungslosen, die Lage erkennbar vor
Augen.
Manche umarmen sich in einem immer größer
werdenden Kreis, beginnen zu tanzen.
Schon nach einiger Zeit kann man die ersten
Auswirkungen auf dem Bildschirm sehen.
Er beginnt zu oszillieren.
Das Bild wird unscharf.

Gruppen gehen gemeinschaftlich, den unweigerlichen
Untergang vor Augen, in den unruhig aufkommenden
Wellengang vom See.
Hohe Wogen bauen sich plötzlich auf, brechen über den
Menschen zusammen.
Sie tauchen unter und nicht mehr auf.
Zofia-Maria umarmt Karius.
„Gehen wir gemeinsam in den Untergang?", reicht ihm
die Hand. Er nimmt sie sanft.
Sie schauen sich in die Augen, in stillem Einverständnis
und gehen zu den Menschen die sie umgeben,
verabschieden sich in Umarmungen.
„Lebt den Wohl, jeder sollte seinen Abschied bestimmen,
betrachten wir es letztlich mit Philosophie".

„Sieh Karius, dort ist Egmond inmitten der Menschen.
Sie stehen alle am See und legen ihre Kleider ab,
ergreifen sich an den Händen.
Charlene und Gala sind auch dabei. Sieh nur, wie sie
zum Wasser gehen".
Langsam schreitet die Gruppe um Egmond, Hand in
Hand und entschlossen, in die immer höher heran
schäumenden Wellen.
Eine riesige Woge bricht heran.
Das Wasser schlägt über ihnen zusammen und reißt alle
mit sich fort, in die Tiefe.
Zofia-Maria hält sich an Karius fest, blickt ihn
niedergedrückt an.
„Sie haben diese Welt so verlassen, wie sie auf die Welt
gekommen sind, nackt".
„Bald trifft es uns Karius" und lehnt sich noch fester an
ihn.
Beide gehen zu dem Totenhügel, legen sich an den
Hang. Sie beginnt einen Song aus der vorderen Zeit zu
summen, den Karius nicht kennt und umklammert sich
an ihm fest, beginnt zu singen.
When the night has come... and the land is dark... no I
won´t be afraid...just as long as you stand by me...
Ihr Gesang verliert sich im Getöse des Geschehens um
sie.
Szenen aus dem All flackern noch über den Bildschirm.
Einige Atlantianer verfolgen wie im Trance den eigenen
Untergang.

Ozeane überfluten bereits die Kontinente.
Vulkane brechen aus, verspeien ihre tödliche Gase.
Der Pflanzengarten verdorrt zusehends.
Der Himmel taucht das Leben in fahlgelbes Licht.
In deren Strahlung sind sichtbare und unsichtbare
Giftgase.

Hervorgebracht durch den Aufbruch der
Kontinentalplatten, ist aus den Tiefen der Ozeane
Methan, Schwefelwasserstoff, ausgetreten.

Die tödlichen Gase überfliegen mit unglaublicher
Geschwindigkeit den Globus.
Feuer spuckende Fontänen blasen, wie zum Abschied,
das Erdkernmagma in die Lufthülle.

Jegliche Natur wird ausgelöscht.

Mit ungestümer Schnelligkeit rast der Planet Erde,
vereisend in der Kälte des Alls, in das unendliche
Universum.

Driftet ab zu dem Rand der Milchstraße.

Entfernt sich in der unendlichen Galaxie.

Erläuterungen zu Panmundo-Universsus

Eine herrschende Kaste von Auserwählten.
Mit Macht über die Auserlesenen und niedere
Menschwesen, die nur noch als Einheiten bezeichnet
sind.

Cocho, aus Amrica will Euraskia unterwerfen.
Tanno und Laot aus dem Imperium Chijap.
Sue Mee, Euraskia, Intimfeindin von Cocho,
Marxjet, an ihrer Seite.
Ngoro, steht in Gondowakia unter Druck der
Stammesfürsten.

Atlantis

Altreich der Altvorderen, jetzt Atlantianer

Alle Mitglieder des Rates sind demokratisch gewählt.

Egmond, oberstes Ratsmitglied.
Milan, Berater von Egmond, mit großem Einfluss im Rat.
Zofia-Maria, Verwalterin von Atlantis und später noch
Sicherheitsbeauftragte.
Boris, Organisator in Atlantis, später im Altreich. Rechte
Hand Egmonds.
Esteban, Sicherheitsbeauftragter.
Mia, zuständig für Pflanzen und Ernährung.

Charlene, Heilerin im Gesundheitswesen.
Gala, Nachfolgerin für den ermordeten Milan.

Anmerkungen

Dystopie ist die **negative** Einschätzung der Utopie.

Gegenbild ist die *Eutopie.* die **positive**
Einschätzung.

Anisotrop ist die ungleiche Drehung und
Richtungsabhängigkeit von Kristallen.

Anisotropes ätzen von Halbleitern führt zu
Materialabtrag, damit Störung der Elektronik, z.B.
der Jagddrohnen.

Magnetfelder beschreiben die
Superkondensatoren in Form von
Impulsgeneratoren.
Auf deren Strom fließenden Leitern treten
elektromagnetische Wechselwirkungen auf.
Durch fehlende Zentrifugalkräfte kommt es zum
Kollaps der inneren Magnetfelder bei dem Objekt.
Durch magnetische Umkehrung kommt es zu einem
Abbau der Ionen, Magnetfelder werden geschwächt
und zerplatzen.

Lorentzkraft = beschleunigte Kraft = eine Kraftlinie
entsteht. (Railgun im Militär).

Aldous Huxley Buch

<Schöne neue Welt>

Erschienen 1932 / 1948 erhalten.

Auszüge aus dem Vorwort seines Buches, Seiten
2 -18:

Verfehlung in der Zukunft vermeiden, keine
Zerknirschtheit zeigen.

Utopia, dort ist ein wahnwitziges Leben entstanden
dann Rückzug aus der gesunden Vernunft in das
Büßertum.

Wirklich revolutionäre Revolution findet nur in der
Seele und Körper des Menschen statt.
Das Konservative Gleichgewicht geht verloren.

Nationale radikale rechte und Nationale radikale
linke, führen zu Umwälzungen.
Wirtschaftliche und gesellschaftliche Unruhen
entstehen durch sie zur **Herrschgewalt.**
Zugewiesen von Zeitungsredakteuren und
Schullehrern.

Je weniger politische und wirtschaftliche Freiheit,
desto mehr sexuelle Freiheit, verbunden mit
Tagträumen unter Drogen, Alkohol etc. entsteht.

Gesellschaftliche Rangordnung entsprießt sich,
taucht auf.

______

Zitate aus dem Streetworker, Ausgabe 9 /2018,
zu Huxleys Buch, „schöne neue Welt" –

- Ein wirklich leistungsfähiger totalitärer Staat, in
dem die allmächtige Exekutive politischer
Machthaber und ihre Armee von Managern eine
Bevölkerung von Zwangsarbeitern beherrscht, die
zu gar nichts gezwungen werden brauchen, weil sie
ihre Sklaverei lieben.
Ihnen die Liebe zu ihr beizubringen, ist in heutigen
totalitären Staaten, die den Propagandaministerien,
den Zeitungsredakteuren und den Schullehrern
zugewiesene Aufgabe. –
Die größten Triumphe der Propaganda wurden nicht
durch Handeln, sondern nur durch **Unterlassung**
der Wirklichkeit erreicht.

**Groß ist die Wahrheit, größer aber,
vom praktischen Gesichtspunkt her,
ist das Verschweigen der Wahrheit.** *

*Anmerkung von mir.

Philosophisch gesehen, ist das Schwierigere, (die
Wahrheit zu sagen, seltener...), also ein größeres Gut,
als das Leichtere.

In anderer Hinsicht ist das Leichtere ein größeres Gut für das Individuum, als das Schwierigere, denn es ist so wie wir es haben, sehen, wollen.

°3   siehe Reclam, Aristoteles Rhetorik, 1. Buch S.35
ISBN 9 7831 150 180068

Autor Kim Grimmwood:

Zitiert aus dem Buch Breakthrough, (zurück ins Leben),
Roman von 1976 und 1988 Replay

„Die Bevölkerungsdichte nimmt ein schier unerträgliches Ausmaß an.

Jugendliche übernehmen politische Macht. Zugewiesene Lebenszeit wird beendet durch „Tiefschlaf". (Euthanasie).

Läufer werden durch Jäger (Sandmänner) bejagt und liquidiert.

Eine Gesellschaft, in der menschliche Wölfe entstehen, vergiftet durch Drogen, Alkohol.

Psychopathische grobe Muster von Menschen entspringen dadurch.

Kann es noch eine Freistatt (Freiheit) irgendwo geben?

Quellennachweis

1+ aus Wikipedia, Railgun, Lorentzkraft. Siehe
Nachtrag

2+ Auszug vom Streetworker, Ausgabe 9/2018

3+ Reclam, Aristoteles Rhetorik; 1. Buch S.
35 ISBN 9 783 115 0180068

 Song „Stand by me", 1961 von Ben E. King

Sowie Anregungen aus Büchern von den Autoren
Huxley und Grimmwood
                                    *101

Impressum

Herstellung, Vertrieb

Verlag BoD – Books on Demand

In den Tarpen 42

22848 Norderstedt

ISBN: 9 783749 498932

Die Anregung für mich dieses Buch zu schreiben, erfolgte in der Debatte über die Zukunft der Erde und der Menschheit, mit **Horst Fink †**.

Seine wichtigen Hinweise zu den Büchern von Aldous Huxley*, bzw. K. Grimmwood*, führten mich zu Inspirationen und ideenreiche Beeinflussungen in den Roman.

Besonderen Dank an **Björn Jilg** für die zeitraubende und geduldige Einrichtung aller Bücher.

Die Illustration des Umschlagbildes, sowie der Rückseite, gestaltete **Angelika Junge**.

Bereits erschienene Bücher des Autors:

Geschichtstrilogie:
1. So fegt der Wind der Geschichte über die Epochen.

ISBN 9 783743 151 482   244 Seiten

+

Jugendbuch:
2. Die Schmurggelbeere.

Eine fantastische Abenteuergeschichte

ISBN 9 783739 206 196   144 Seiten

+

Jugendbuch:
3. Vier gesammelte Erzählungen

ISBN 9 783739 232 065   76 Seiten

+

Jugendbuch, Science Fiktion:
4. Professor Pulin und Lorin

ISBN 9 783741 207 693   96 Seiten

+

Adelsroman, Melodram:
5. Aufruhr der Herzen

ISBN 9 783746 012 421   124 Seiten

+

Krimi: Kein Mord, aber mit tragischem Ausgang.
6. Wildwasser

ISBN 9 783738 604788   36 Seiten

+

Krimi: Mords Frauen auf Abwegen.
7. Engel des Todes spinnen ihr Netz

ISBN 9 783748 166 320   88 Seiten

+

8. Episoden Begegnungen Erlebnisse
Zwischenmenschliches. (wird nach u. nach
ergänzt).

ISBN 9 783735 791795   48 Seiten

+

9. Starstecher
Medizin im Mittelalter

ISBN 9 783 753 497709   192 Seiten

+

10. Spuk Schloss   108 Seiten

 Buch, in Arbeit 7/21

ISBN 9 783

Beg. **6/2018** #1.NL 6-8-19 # 1. Druck.10-19# 2.NL korrek. Ab 7/21#NL10/21 f.